Jack London

Südsee-Geschichten

Erzählungen

Bibliografische Information der Deutschen Nationalbibliothek:
Die Deutsche Nationalbibliothek verzeichnet diese Publikation in der Deutschen Nationalbibliografie; detaillierte bibliografische Daten sind im Internet über http://dnb.dnb.de abrufbar.

Herstellung und Verlag: BoD – Books on Demand, Norderstedt

ISBN: 978-3-7460-9131-0

Inhaltsverzeichnis

Die Perle

Trotz ihrer plumpen Linien steuerte die ›Aorai‹ leicht in der sanften Brise. Um den Sog der Brandung zu vermeiden, ließ ihr Kapitän sie weit einlaufen, ehe er wendete. Das Atoll Hikueru lag niedrig auf dem Wasser, ein Kreis von feinem Korallensand, an hundert Ellen breit, zwanzig Meilen im Umkreis und drei bis fünf Fuß über der Hochwasserlinie. Auf dem Grunde der ungeheuren, glasklaren Lagune lagen viele Perlenmuscheln, und vom Deck des Schoners aus konnte man jenseits des schmalen Atollringes die Taucher bei der Arbeit sehen. Aber die Lagune bot selbst für einen Handelsschoner keine Einfahrt. Bei günstigem Winde konnten Kutter durch den seichten, gewundenen Kanal hineinschlüpfen, aber Schoner mußten draußenbleiben und ihre kleinen Boote hineinschicken.

Die ›Aorai‹ schwang ein Boot aus, und ein halbes Dutzend braune, nur mit einem scharlachroten Lendenschurz bekleidete Matrosen sprangen hinein. Sie ergriffen die Riemen, während achtern am Ruder ein junger Mann stand, in dem man an der weißen Tropenkleidung den Europäer erkannte. Aber er war es nicht ganz. In dem Sonnenglanz seiner hellen Haut, auf der goldene Lichter spielten, dem blauen Schimmer seiner Augen verriet sich Polynesien. Es war Raoul, Alexander Raoul, der jüngste Sohn von Marie Raoul, der reichen Quatronin, die ein halbes Dutzend Handelsschoner wie die ›Aorai‹ besaß. Durch die kochende Flut eines Wirbels gerade vor der Einfahrt erkämpfte sich das Boot seinen Weg in die spiegelblanke Ruhe der Lagune. Der junge Raoul sprang auf den weißen Sand und schüttelte einem langen Eingeborenen die Hand. Brust und Schultern des Mannes waren prächtig, aber der Stumpf des rechten Armes, über dessen Fleisch der altersgebleichte Knochen mehrere Zoll hinausragte, bezeugte die Begegnung mit einem Hai, die seinen Tauchertagen ein Ende und ihn zu einem Speichellecker gemacht hatte, der um geringe Gunstbeweise kroch.

»Hast du gehört, Alex,« waren seine ersten Worte, »Mapuhi hat eine Perle gefunden – eine solche Perle! Noch nie hat man ihresgleichen gefischt, weder auf Hikueru, noch auf allen Paumotuinseln, noch in der ganzen Welt. Kauf' sie ihm ab. Er hat sie noch. Und vergiß nicht, daß ich es dir zuerst erzählt habe. Er ist ein Dummkopf, du kannst sie billig bekommen. Hast du ein bißchen Tabak?«

Raoul steuerte gerade über den Strand auf eine Hütte los, über der sich grüne Pandangzweige wiegten. Er war der Superkargo seiner Mutter und hatte von ihr den Auftrag, die ganzen Paumotuinseln nach ihrem Reichtum an Kopra, Muscheln und den darin enthaltenen Perlen zu durchstöbern.

Er war ein junger Superkargo, erst auf seiner zweiten Reise in dieser Eigenschaft, und litt manche geheime Qual, weil er so wenig Erfahrung im Einschätzen von Perlen besaß. Als aber Mapuhi ihm die Perle zeigte, glückte es ihm doch, sein Staunen zu unterdrücken und einen unbekümmerten, geschäftsmäßigen Ausdruck zu bewahren. Sie war so groß wie ein Taubenei, vollkommen rund und von einer Weiße, die in Lichtern von allen Farben schillerte. Noch nie hatte er etwas Ähnliches gesehen. Als Mapuhi sie in seine Hand gleiten ließ, war er über ihr Gewicht erstaunt. Das zeigte, daß es eine gute Perle war. Er prüfte sie genau durch eine Taschenlupe. Sie war ohne Fehl und Makel. Ihre Reinheit schien sich mit der Atmosphäre zu verschmelzen. Im Schatten leuchtete sie zart und schimmerte sanft wie der Mond. So durchsichtig war sie, daß er Mühe hatte, sie in einem Glas Wasser wiederzufinden.

»Na, was willst du dafür haben?« fragte er mit gutgespielter Gleichgültigkeit.

»Ich will –«, begann Mapuhi, und hinter ihm nickten zu beiden Seiten seines dunklen Gesichtes die zweier Frauen und eines Mädchens ihren Beifall zu seinen Wünschen. Ihre Köpfe waren, erregt von unterdrücktem Eifer, vorgebeugt, und ihre Augen blitzten begehrlich.

»Ich will ein Haus haben«, legte Mapuhi los. »Es muß ein Dach aus verzinktem Eisenblech und eine achteckige Wanduhr haben. Es muß sechs Faden lang sein und rundherum eine Säulenhalle haben. Drinnen muß ein großes Zimmer sein mit einem runden Tisch in der Mitte und der achteckigen Uhr an der Wand. Vier Schlafzimmer muß es haben, zwei auf jeder Seite des großen Zimmers, und in jedem Schlafzimmer müssen ein eisernes Bett, zwei Stühle und ein Waschtisch sein. Und hinten am Hause muß eine Küche sein, eine gute Küche mit Töpfen, Pfannen und einem Herd. Und du mußt das Haus auf meiner Insel– auf Fakarava – bauen.«

»Ist das alles?« fragte Raoul ungläubig.

»Eine Nähmaschine muß da sein«, nahm Tefara, Mapuhis Weib, das Wort.

»Nicht zu vergessen die achteckige Wanduhr«, fügte Nauri, Mapuhis Mutter, hinzu.

»Ja, das ist alles«, sagte Mapuhi.

Der junge Raoul lachte. Er lachte lange und herzlich. Aber während er lachte, zerbrach er sich den Kopf mit Rechenproblemen. Er hatte noch nie im Leben ein Haus gebaut, und seine Begriffe waren in dieser Beziehung etwas unklar. Während er lachte, berechnete er die Kosten der Reise nach Tahiti, woher die Materialien geholt werden mußten, der Materialien selbst, der Rückreise nach Fakarava, der Landung der Materialien und des Hausbaus. Wenn man zur Sicherheit reichlich rechnete, kamen viertausend französische Dollar heraus – viertausend Dollar waren gleich zwanzigtausend Frank. Das war unmöglich. Woher sollte er den Wert einer solchen Perle kennen? Zwanzigtausend Frank waren eine Menge Geld – und obendrein das Geld seiner Mutter.

»Mapuhi,« sagte er, »du bist ein großer Narr. Mach' einen Preis in Geld.«

Aber Mapuhi schüttelte den Kopf, und die drei Köpfe hinter ihm wurden im Chor geschüttelt.

»Ich will das Haus haben«, sagte er. »Es muß sechs Faden lang sein und rundherum eine Säulenhalle –«

»Ja, ja,« unterbrach Raoul ihn, »ich weiß Bescheid über dein Haus, aber es geht nicht. Ich will dir tausend Chile-Dollar geben.«

»Ich will das Haus haben«, begann Mapuhi.

»Was hast du von dem Haus?« fragte Raoul. »Der erste Orkan fegt es weg. Das solltest du doch wissen. Kapitän

Raffy sagt, daß es gerade jetzt sehr nach einem Orkan aussieht.«

»Nicht auf Fakarava«, sagte Mapuhi. »Da liegt das Land viel höher. Auf dieser Insel, ja. Jeder Orkan kann Hikueru wegfegen. Ich will das Haus auf Fakarava haben. Es muß sechs Faden lang sein und rundherum eine Säulenhalle haben —«

Und Raoul wurde nochmals die Beschreibung des Hauses vorgesetzt. Mehrere Stunden verwandte er auf den Versuch, Mapuhi das Haus aus dem Kopfe zu hämmern; aber Mapuhis Mutter und Weib und Ngakura, Mapuhis Tochter, bestärkten diesen in seinem Entschluß. Bei der zwanzigsten Beschreibung des verlangten Hauses sah Raoul das zweite Boot seines Schoners auf den Strand fahren. Die Matrosen blieben an den Riemen und zeigten damit, daß sie schnell wieder weg wollten. Der erste Steuermann der ›Aorai‹ sprang an Land, wechselte ein paar Worte mit dem einarmigen Eingeborenen und eilte dann zu Raoul. Der Tag wurde plötzlich dunkel, eine Bö verbarg die Sonne. Jenseits der Lagune konnte Raoul die unheilverkündende Linie des Windstoßes sich nähern sehen.

»Kapitän Raffy sagt, Sie müßten machen, daß Sie hier wegkämen«, lautete der Gruß des Steuermanns. »Wenn's hier irgend 'ne Muschel gibt, müßten wir's drauf ankommen lassen und sie später aufsammeln — sagt er. Das Barometer ist auf neunundzwanzig, siebzig gefallen.«

Der Windstoß traf den Pandangzweig zu ihren Häupten und sauste durch die Palme, wobei er ein halbes Dutzend reife Kokosnüsse mit dumpfem Schlag zu Boden schleuderte. Dann kam der Regen aus der Ferne, näherte sich brüllend wie ein Sturmwind und peitschte das Wasser der Lagune, daß es dampfte. Die ersten Tropfen rasselten scharf herab, und Raoul sprang auf.

»Tausend Chile-Dollar bar auf den Tisch, Mapuhi,« sagte er laut, »und für zweihundert Chile-Dollar Waren.«

»Ich will ein Haus haben —«, begann der andre.

»Mapuhi!« schrie Raoul, um mit der Stimme durchzudringen. »Du bist ein Rindvieh!«

Er stürzte aus dem Hause und erkämpfte sich Seite an Seite mit dem Steuermann den Weg nach dem Strande. Sie konnten das Boot nicht sehen. Der tropische Regen überschüttete sie so, daß sie nur den Sand zu ihren Füßen und die kleinen Wellen, die nach dem Sande schnappten und bissen, sehen konnten. Ein Gesicht tauchte aus der Sintflut auf. Es war Huru-Huru, der Einarmige.

»Hast du die Perle bekommen?« schrie er Raoul ins Ohr.

»Mapuhi ist ein Narr!« schrie dieser zur Antwort, und im nächsten Augenblick hatten sie sich in dem herabstürzenden Wasser verloren.

Eine halbe Stunde später sah Huru-Huru, der auf der Seeseite des Atolls Ausguck hielt, wie die beiden Boote eingeholt wurden und die ›Aorai‹ ihren Bug seewärts wendete. Und nahe bei ihr sah er einen andern Schoner, auf den Schwingen des Sturmes hergetragen, sich schaukeln und ein Boot zu Wasser lassen. Er kannte ihn. Es war die ›Orohena‹, Eigentum Torikis, des halbblütigen Kaufmanns, der seinen eignen Superkargo machte und zweifellos selbst achtern im Boot stand. Huru-Huru kicherte. Er wußte, daß Mapuhi Toriki noch Geld schuldete für Waren, die er im vorigen Jahre auf Kredit gekauft hatte.

Die Bö war vorüber. Die Sonne flammte heiß, und die Lagune glich wieder einem Spiegel. Aber die Luft war klebrig wie Schleim, und ihr Gewicht lastete auf den Lungen und erschwerte das Atmen. »Hast du die Neuigkeit gehört, Toriki?« fragte Huru-Huru. »Mapuhi hat eine Perle gefunden. Noch nie hat man ihresgleichen gefischt, weder auf Hikueru, noch auf allen Paumotuinseln, noch in der ganzen Welt. Mapuhi ist ein Narr, übrigens ist er dir Geld schuldig. Vergiß nicht, daß ich es dir zuerst erzählt habe. Hast du ein bißchen Tabak?«

Und zu Mapuhis Grashütte ging Toriki. Er war ein herrischer, zudem ziemlich dummer Mensch. Unbekümmert warf er einen Blick auf die wundervolle Perle, einen einzigen Blick nur, und unbekümmert steckte er sie in die Tasche.

»Du hast Glück«, sagte er. »Eine nette Perle. Ich räume dir einen Kredit in meinen Büchern ein.«

»Ich will ein Haus haben«, begann Mapuhi bestürzt. »Es muß sechs Faden —«

»Erzähle das deiner Großmutter!« war die Antwort des Händlers. »Du willst deine Schulden bezahlen, nicht wahr? Du warst mir zwölfhundert Chile-Dollar schuldig. Na, schön: Du schuldest mir nichts mehr. Die Rechnung ist beglichen. Außerdem räume ich dir einen Kredit von zweihundert Chile ein. Wenn ich nach Tahiti komme und die Perle gut verkaufe, so gebe ich dir noch für hundert Kredit. Das macht zusammen dreihundert. Aber wohlgemerkt: nur, wenn die Perle gut verkauft wird. Ich kann vielleicht sogar Geld dabei zusetzen.«

Mapuhi kreuzte kummervoll die Arme und saß mit gebeugtem Haupte da. Die Perle war ihm gestohlen. Statt das Haus zu bekommen, hatte er eine Schuld bezahlt. Er hatte nichts Handgreifliches für die Perle erhalten.

»Du bist ein Narr«, sagte Tefara.

»Du bist ein Narr«, sagte Nauri, seine Mutter. »Warum hast du ihm die Perle in die Hand gegeben?«

»Was sollte ich machen?« protestierte Mapuhi. »Ich schuldete ihm das Geld. Er wußte, daß ich die Perle hatte. Ihr habt selbst gehört, daß er sie sehen wollte. Ich hab' ihm nichts davon erzählt. Er wußte es. Irgend jemand hat es ihm erzählt. Und ich schuldete ihm das Geld.«

»Mapuhi ist ein Narr«, äffte Ngakura.

Sie war zwölf Jahre alt und wußte es nicht besser. Mapuhi erleichterte sein Herz, indem er ihr eine Backpfeife gab, daß sie taumelte, während Tefara und Nauri in Tränen ausbrachen und fortfuhren, ihn nach Weiberart auszuschelten.

Huru-Huru, der Ausguck am Strande hielt, sah einen dritten Schoner, den er kannte, vor der Einfahrt schaukeln und ein Boot aussetzen. Es war die ›Hira‹, die ihren Namen mit Recht trug, denn sie gehörte Levy, einem deutschen Juden, dem größten Perlenhändler von allen, und ›Hira‹ war, wie bekannt, die tahitische Gottheit der Fischer und Diebe. »Hast du die Neuigkeit gehört?« fragte Huru-Huru, als Levy, ein fetter Mann mit massigen, unregelmäßigen Zügen, den Strand betrat. »Mapuhi hat eine Perle gefunden. Noch nie hat man ihresgleichen gefischt, weder auf Hikueru, noch auf allen

Paumotuinseln, noch in der ganzen Welt. Mapuhi ist ein Narr. Er hat sie Toriki für vierzehnhundert Chile verkauft – ich horchte draußen und hörte es. Toriki ist auch ein Narr. Du kannst sie ihm billig abkaufen. Vergiß nicht, daß ich es dir zuerst erzählt habe. Hast du ein bißchen Tabak?«

»Wo ist Toriki?«

»Er ist bei Kapitän Lynch und trinkt Absinth. Seit einer Stunde.« Und während Levy und Toriki Absinth tranken und um die Perle schacherten, horchte Huru-Huru und hörte schließlich, daß sie zu dem erstaunlichen Preise von fünfundzwanzigtausend Frank einig wurden.

Um diese Zeit näherten die ›Orohena‹ und die ›Hira‹ sich dem Strande und begannen wie wahnsinnig ihre Kanonen abzufeuern und zu signalisieren. Die drei Männer kamen gerade noch rechtzeitig heraus, um die beiden Schoner in aller Eile mit Großsegel und Klüver von der Küste fort direkt der Bö in die Zähne fahren zu sehen, die sie weit über das schäumende Wasser jagte. Dann verschwanden sie im Regen.

»Wenn's vorüber ist, kommen sie zurück«, sagte Toriki. »Draußen wären wir besser dran.«

»Ich vermute, daß das Glas noch weiter gefallen ist«, sagte Kapitän Lynch.

Er war ein weißbärtiger Seebär, der jetzt zu alt für die See war und die Erfahrung gemacht hatte, daß Hikueru die einzige Stelle der Erde war, wo er auf gutem Fuße mit seinem Asthma leben konnte. Er ging hinein, um nach dem Barometer zu sehen.

»Großer Gott!« hörten sie ihn ausrufen und stürmten hinein, um gemeinsam mit ihm auf das Zifferblatt zu starren, das jetzt neunundzwanzig, zwanzig zeigte.

Als sie diesmal herauskamen, prüften sie ängstlich Himmel und Meer. Die Bö war vorüber, aber der Himmel war und blieb bedeckt. Sie konnten die beiden Schoner unter vollen Segeln in Gesellschaft eines dritten zurückkommen sehen. Der Wind drehte sich und zwang sie, die Segel festzumachen, und fünf Minuten später packte eine plötzliche Bö aus der entgegengesetzten Richtung alle drei Schoner von hinten, und man konnte am Strande sehen, wie die Spieren brachen und weggerissen wurden. Die Brandung erklang laut, hohl und drohend, und eine schwere Dünung setzte ein. Ein furchtbares Blitzen erleuchtete den dunklen Tag, und der Donner rollte wild über ihnen.

Toriki und Levy stürzten zu ihren Booten, der letztere wie ein gejagtes Nilpferd watschelnd. Als ihre beiden Boote zur Einfahrt hinausfegten, passierten sie das einkommende Boot der ›Aorai‹. Im Stern saß Raoui und spornte die Ruderer an. Außerstande, das Bild der Perle aus seinen Gedanken zu verscheuchen, kehrte er zurück, um auf Mapuhis Preis, das Haus, einzugehen.

Er landete mitten in einer treibenden Gewitterwolke, die so dicht war, daß er mit Huru-Huru zusammenstieß, ehe er ihn sah.

»Zu spät«, schrie Huru-Huru. »Mapuhi hat sie Toriki für vierzehnhundert Chile verkauft, und Toriki hat sie Levy für fünfundzwanzigtausend Frank verkauft. Und Levy will sie in Frankreich für hunderttausend Frank verkaufen. Hast du ein bißchen Tabak?«

Raoul fühlte fast eine Erleichterung. Seine Unruhe wegen der Perle war vorüber. Er brauchte sich keine Sorgen mehr zu machen, wenn er auch die Perle nicht bekam. Aber er glaubte Huru-Huru nicht. Mapuhi mochte sie wohl für vierzehndert Chile verkauft haben, daß aber Levy, der sich auf Perlen verstand, fünfundzwanzigtausend Frank dafür bezahlt haben sollte, war denn doch ein bißchen zu stark. Raoul beschloß, sich bei Kapitän Lynch danach zu erkundigen; als er aber das Haus des alten Seemanns betrat, fand er ihn, wie er mit weit aufgerissenen Augen auf das Barometer starrte. »Was lesen Sie da heraus?« fragte Kapitän Lynch ängstlich, indem er seine Brille abwischte und wieder auf das Instrument sah.

»Neunundzwanzig, zehn«, sagte Raoul. »Ich hab's noch nie so niedrig gesehen.«

»Das glaub' ich gern!« schnaubte Kapitän Lynch. »Fünfzig Jahre hab' ich alle Meere befahren, aber so tief hab' ich es noch nie sinken sehen. Hören Sie!« Sie standen einen Augenblick regungslos, während die Brandung polterte und das Haus schüttelte. Dann gingen sie hinaus. Die Bö war vorüber.

Sie konnten die ›Aorai‹ sehen, die in einer Entfernung von einer Meile in völliger Windstille lag und wie verrückt stampfte und rollte unter den fürchterlichen Seen, die in einer stattlichen Reihe aus Nordost herankamen und sich wütend auf das Korallenriff warfen. Einer von den Matrosen im Boot zeigte auf die Mündung der Einfahrt und schüttelte den Kopf. Raoul blickte hin und sah einen weißen Wirrwarr von Gischt und Wogen.

»Ich denke, ich bleibe heut nacht bei Ihnen, Kapitän«, sagte er. Dann wandte er sich an den Matrosen und befahl ihm, das Boot auf den Strand zu ziehen und mit den andern Leuten Schutz zu suchen.

»Rund neunundzwanzig«, berichtete Kapitän Lynch, der mit einem Stuhl herauskam, nachdem er nochmals nach dem Barometer gesehen hatte.

Er setzte sich und starrte das Schauspiel an, das das Meer jetzt bot. Die Sonne brach durch und vermehrte noch die Schwüle des Tages, und die völlige Windstille hielt an.

»Ich verstehe nicht, woher dieser Seegang kommt«, murmelte Raoul verdrießlich. »Es ist kein Wind, und doch, sehen Sie mal, sehen Sie bloß diesen Burschen da!«

Meilenweit, mit einem Gewicht von Zehntausenden von Tonnen, erschütterte der Anprall der Woge das gebrechliche Atoll wie ein Erdbeben. Kapitän Lynch war bestürzt.

»Großer Gott!« rief er aus, indem er sich halb von seinem Stuhl erhob und dann wieder zurücksank. »Aber es ist gar kein Wind«, beharrte Raoul. »Ich könnte es noch verstehen, wenn wir Wind hätten.« Die beiden Männer saßen schweigend da. Der Schweiß trat ihnen in Myriaden winziger Perlen auf die Haut und bildete feuchte Flecke, die sich zu Bächen vereinigten und dann auf den Boden tropften. Sie keuchten nach Atem, und namentlich der alte Mann mühte sich ab. Eine See fegte auf den Strand, leckte an den Kokosbäumen und setzte fast zu ihren Füßen ab.

»Ein ganzes Stück über der Hochwasserlinie,« bemerkte Kapitän Lynch, »und ich lebe hier seit elf Jahren.« Er sah nach der Uhr. »Es ist drei.«

Ein Mann und eine Frau kamen mit einem bunten Gefolge von Kindern und Kötern verzagt angezogen. Hinter dem Hause machten sie halt und setzten sich nach kurzer Unschlüssigkeit in den Sand. Wenige Minuten darauf kam von der andern Seite noch eine Familie, deren männliche und weibliche Mitglieder mit den verschiedenartigsten Besitztümern beladen waren. Und bald waren mehrere hundert Menschen jeden Alters und Geschlechtes um den Wohnsitz des Kapitäns versammelt. Er rief eine Frau an, die mit einem Säugling auf dem Arm gekommen war, und erfuhr, daß ihr Haus soeben in die Lagune gespült war.

Sie befanden sich hier auf dem höchsten Punkt des Landes, und schon schlugen die großen Seen an manchen Stellen zu beiden Seiten glatte Breschen in den schmalen Ring des Atolls und brausten in die Lagune. Zwanzig Meilen im Umkreis maß das Atoll und war nirgends über fünfzig Faden breit. Es war mitten in der Taucherzeit, und von allen Inseln, selbst von Tahiti, hatten die Eingeborenen sich hier versammelt.

»Hier sind zwölfhundert Männer, Frauen und Kinder«, sagte Kapitän Lynch. »Ich möchte wissen, wieviel es morgen früh noch sein werden.«

»Aber warum weht es nicht? Wenn ich das nur wüßte«, sagte Raoul.

»Keine Sorge, junger Mann, keine Sorge; das Unglück kommt schon früh genug.«

Im selben Augenblick traf eine mächtige Wassermasse das Atoll. Das Seewasser wühlte sich drei Zoll tief unter ihre Stühle. Ein dumpfer Angstruf entfuhr den zahlreichen Frauen. Die Kinder starrten mit gefalteten Händen auf die ungeheuren Seen und weinten kläglich. Hühner und Katzen, die verstört durch das Wasser wateten, suchten, wie auf gemeinsamen Beschluß, fliegend und kletternd ihre Zuflucht auf dem Dache vom Hause des Kapitäns. Ein Paumotuaner klomm mit einem Korb voll neugeborener Hunde auf eine Kokospalme und befestigte ihn dort zwanzig Fuß über dem Erdboden. Die Mutter watete jaulend und kläffend unten im Wasser.

Und immer noch schien die Sonne mit aller Macht, und die Windstille hielt an. Sie beobachteten die Seen und das unsinnige Stampfen der ›Aorai‹. Kapitän Lynch starrte sich an den ungeheuren Wasserbergen, die hereinströmten, die Augen aus. Er bedeckte das Gesicht mit den Händen, um den Anblick zu verlöschen, und ging dann ins Haus.

»Achtundzwanzig, sechzig«, sagte er ruhig, als er wiederkam.

Über dem Arm trug er eine Rolle dünnes Tau. Er zerschnitt es in Stücke von zwei Faden Länge, gab eins Raoul, behielt ein zweites für sich und verteilte den Rest unter die Frauen mit dem Rat, sich einen Baum zu wählen und hinaufzuklettern.

Ein leichter Wind begann aus Nordost zu wehen, und sein Fächeln erfrischte Raoul. Er konnte sehen, wie die ›Aorai‹ Segel setzte und in See stach, und bedauerte, daß er nicht an Bord war. Sie kam schon irgendwie durch, aber das Atoll – –. Eine See brach drüber und riß ihm fast die Füße unter dem Leibe fort. Dann fiel ihm das Barometer ein, und er lief zum Hause zurück. Er traf Kapitän Lynch, der denselben Gedanken hatte, und sie gingen zusammen hinein.

»Achtundzwanzig«, sagte der alte Seebär. »Eine schöne Hölle wird das hier – was war das?«

Die Luft schien mit einem Rauschen erfüllt. Das Haus zitterte und bebte, und sie hörten ein mächtiges Dröhnen. Die Fenster klirrten. Zwei Scheiben krachten; ein Windstoß fuhr herein und traf sie, daß sie wankten. Die gegenüber befindliche Tür schlug so heftig zu, daß die Klinke in Stücke ging. Der weiße Türknauf fiel in Atome zerschmettert zu Boden. Die Wände des Raumes bauschten sich wie ein Luftballon, der plötzlich gefüllt wird. Dann kam ein neuer Ton, wie Gewehrfeuer; der Gischt einer Woge schlug gegen das Haus. Kapitän Lynch sah nach der Uhr. Es war vier. Er zog eine blaue Jacke an, nahm das Barometer vom Haken und verstaute es in seiner geräumigen Tasche. Wieder schlug eine See mit dumpfem Schlag gegen das Haus, das leichte Gebäude kippte, drehte sich im rechten Winkel um sein Fundament und brach zusammen, so daß der Fußboden einen Winkel von zehn

Grad bildete. Raoul ging zuerst hinaus. Der Sturm erfaßte ihn und wirbelte ihn fort. Er bemerkte, daß der Wind sich nach Osten gedreht hatte. Mit großer Mühe warf er sich in den Sand, indem er sich duckte und seine Sachen festhielt. Kapitän Lynch wurde wie ein Strohwisch herausgefegt und fiel, so lang er war, über ihn. Zwei Matrosen verließen eine Kokospalme, die sie erklettert hatten, und kamen ihnen zu Hilfe, mußten sich aber in unmöglichen Stellungen gegen den Wind lehnen und jeden Zoll Weges kriechend erkämpfen.

Die Glieder des alten Mannes waren steif, und er konnte nicht klettern. Die Matrosen wanden ihn daher mit Hilfe von kurzen Tauenden in Zwischenräumen von wenigen Fuß den Baum hinauf, bis sie ihn schließlich im Wipfel, fünfzig Fuß über dem Erdboden befestigen konnten. Raoul schlang sein Tauende um den Fuß eines danebenstehenden Stammes und beobachtete. Der Wind war entsetzlich. Er hätte sich nie träumen lassen, daß es so furchtbar wehen könnte. Eine See durchbrach das Atoll und ging ihm bis ans Knie, ehe sie sich in die Lagune ergoß. Die Sonne war verschwunden, und bleifarbenes Zwielicht senkte sich herab. Einige wagerecht treibende Regentropfen trafen ihn. Ihr Anprall glich dem geschleuderter Kugeln. Ein Spritzer von salzigem Gischt traf sein Gesicht. Es war wie ein Schlag von Menschenhand. Seine Wangen brannten, und unwillkürlich traten ihm Schmerzenstränen in die Augen. Mehrere hundert Eingeborene hatten die Bäume erklommen, und der Anblick der auf den Wipfeln scheinbar wachsenden Menschenfruchtbündel wirkte beinahe lächerlich. Dann umklammerte er als geborener Tahitianer den Baum mit den Händen, preßte die Fußsohlen gegen den Stamm und begann, ihn zu erklettern. Im Wipfel fand er zwei Frauen, zwei Kinder und einen Mann vor. Ein kleines Kind hielt eine Katze im Arm.

Von seinem Horst aus winkte er mit der Hand Kapitän Lynch zu, und der unerschrockene Patriarch winkte zurück. Raoul war entsetzt über das Aussehen des Himmels. Der war viel näher gekommen – schien sich gerade über seinem Kopfe zu befinden, und er war nicht mehr bleifarben, sondern schwarz. Viele Menschen waren noch unten, standen in

Gruppen um die Baumstämme und hielten sich an ihnen fest. Mehrere Gruppen beteten, und inmitten der einen predigte ein Mormonenmissionar. Ein seltsamer Ton traf Raouls Ohr, rhythmisch, schwach wie das Zirpen einer Grille in der Ferne, nur einen Augenblick, aber dieser Augenblick erweckte in ihm den unbestimmten Gedanken an die Musik der himmlischen Heerscharen. Er blickte umher und sah am Fuße eines andern Baumes einen großen Menschenhaufen, der sich, aneinandergeklammert, an Tauen festhielt. Er konnte ihre Gesichter arbeiten und ihre Lippen sich gleichförmig bewegen sehen. Kein Ton drang zu ihm, aber er wußte, daß sie Psalmen sangen.

Immer noch nahm der Wind an Stärke zu. Raoul hatte keinen Maßstab für ihn, denn es war längst alles übertroffen, was er je an Wind erlebt hatte, aber irgendwie spürte er doch, daß er stärker wurde. In geringer Entfernung wurde ein Baum entwurzelt, seine Last an Menschen zu Boden geschleudert. Eine See spülte über den Sandstreifen, und sie waren verschwunden. Die Ereignisse jagten sich. Er sah die Silhouette einer braunen Schulter, eines schwarzen Kopfes sich gegen das aufgewühlte Weiß der Lagune abheben. Im nächsten Augenblick war auch das verschwunden. Andre Bäume stürzten, zersplitterten wie Streichhölzer. Er war bestürzt über die Gewalt des Windes. Sein eigener Baum schwankte gefährlich, die eine Frau jammerte und hielt das kleine Kind umschlungen, das sich seinerseits wieder an die Katze klammerte.

Der Mann, der das andre Kind hielt, berührte Raouls Schulter und zeigte auf etwas. Dieser wandte den Kopf und sah die Mormonenkirche in einer Entfernung von etwa hundert Ellen wie einen Betrunkenen wanken. Sie war von ihrem Fundament losgerissen und wurde von Wind und Wogen der Lagune zugeschoben. Eine furchtbare Wasserwand packte sie, warf sie um und schleuderte sie gegen ein halbes Dutzend Kokospalmen. Die Büschel von Menschenfrüchten fielen wie reife Kokosnüsse. Die zurückgehende Welle zeigte sie, einige lagen regungslos auf dem Boden, andre krümmten und wanden sich. Sie erinnerten ihn merkwürdig an Ameisen. Er entsetzte sich nicht. Das Schaudern hatte er überwunden. Wie etwas Selbstverständliches bemerkte er, wie die folgende Welle den Sand von menschlichen Wrackstücken reinwusch. Eine dritte Welle, riesiger als alle, die er bisher gesehen, schleuderte die Kirche in die Lagune, von der sie seewärts ins Dunkle schwamm, wie eine Arche Noah. Er sah nach Kapitän Lynchs Haus und erblickte es zu seiner Überraschung nicht mehr. Zweifellos kamen die Ereignisse Schlag auf Schlag. Er bemerkte viele, die von den noch stehenden Bäumen heruntergestiegen waren. Immer noch nahm der Wind zu. Sein eigener Baum zeigte es ihm. Er schwankte nicht mehr, bog sich nicht mehr hin und her. Er stand, in einen scharfen Winkel gekrümmt, tatsächlich still da und zitterte nur. Aber dies Zittern war widerwärtig. Es war wie das einer Stimmgabel oder der Zunge einer Mundharmonika. Die Schnelligkeit des Zitterns war beklemmend. Selbst wenn die Wurzel hielt, konnte der Baum die Anspannung nicht mehr lange ertragen. Etwas mußte brechen.

Ah, da war einer gestürzt! Er hatte ihn nicht brechen sehen, aber da stand der halbe Stamm noch. Wenn man es nicht selbst sah, wußte man nicht, wie es geschah. Das Krachen der Bäume und das Jammern menschlicher Verzweiflung war in dem Chaos von Tönen nicht zu hören. Er sah gerade nach Kapitän Lynch, als es geschah. Er sah den Baumstamm ohne Laut in der Mitte zersplittern und ohne Geräusch verschwinden. Die Krone segelte mit drei Matrosen von der ›Aorai‹ und Kapitän Lynch über die Lagune hinweg. Sie fiel nicht zu Boden, sondern trieb wie ein Stückchen Spreu durch die Luft. Hundert Ellen weit verfolgte er ihren Flug, bis sie das Wasser berührte. Er strengte seine Augen an und war sicher, Kapitän Lynch zum Abschied winken zu sehen.

Raoul wartete nicht länger. Er berührte den Eingeborenen und bedeutete ihm, auf die Erde zu steigen. Der Mann wollte, aber seine Frauen hatte der Schrecken gelähmt, und er zog es vor, bei ihnen zu bleiben. Raoul legte sein Tau um den Baum und glitt hinab. Eine Woge von Salzwasser ging ihm über den Kopf. Er hielt den Atem an und klammerte sich verzweifelt an das Tau. Die Welle trieb vorbei, und im Schutze des Baumes atmete er auf. Er befestigte das Tau sicherer und tauchte dann in einer andern Welle unter. Eine der Frauen glitt herab und kam zu ihm, während der Mann bei der andern Frau, den beiden Kindern und der Katze blieb. Raoul hatte bemerkt, wie die Gruppen, die sich an den Fuß der andern Bäume geklammert hatten, immer kleiner wurden. Jetzt sah er, daß es auch dort, wo er sich befand, so zuging. Er bedurfte seiner ganzen Kraft, um sich festzuhalten, und die Frau, die sich ihm angeschlossen hatte, wurde immer schwächer. Jedesmal, wenn er aus einer See auftauchte, war er erstaunt, sich selbst und die Frau noch dort zu finden. Zuletzt tauchte er auf und sah sich allein. Er blickte nach oben. Die Spitze des Baumes war auch fort. In halber Höhe zitterte noch ein zersplittertes Ende. Er befand sich in Sicherheit. Der Baum bot dem Winde keinen Widerstand mehr, und die Wurzeln hielten noch. Er begann hinaufzuklimmen, war aber so kraftlos, daß es nur langsam ging und Welle auf Welle ihn traf, ehe er oben war. Dann band er sich an den Stamm und stärkte seine Seele, um der Nacht und dem Unbekannten entgegenzusehen.

Er fühlte sich sehr einsam in der Dunkelheit. Zuweilen schien es ihm, daß dies der Untergang der Welt und er der einzige Überlebende sei. Noch immer wuchs der Wind. Stunde um Stunde wuchs er. Als es seiner Berechnung nach elf Uhr war, hatte er einen Grad erreicht, der ihn unmöglich dünkte. Er war schrecklich, unerhört, eine brüllende Furie, eine Wand, die zermalmend vorüberglitt, immer wieder kam und ging, eine Wand ohne Ende. Es schien Raoul, als sei er leicht und ätherisch geworden, als sei er es, der sich in Bewegung befinde, als werde er mit unfaßbarer Geschwindigkeit durch eine unendliche feste Masse getrieben. Der Wind war nicht mehr bewegte Luft. Er war körperlich geworden wie Wasser oder Quecksilber. Raoul hatte das Gefühl, daß er in ihn hineinfassen, ihn in Stücke reißen könnte wie das Fleisch eines toten Ochsen, daß er den Wind greifen und sich an ihn bangen könnte wie an einen Felsblock.

Der Wind erstickte ihn. Er konnte ihm nicht trotzen, konnte nicht atmen, denn er drang ihm in Mund und Nase und weitete ihm die Lungen wie Blasen. In solchen Augenblicken schien es ihm, daß sein Körper mit fester Erde gefüllt und geschwollen sei. Nur indem er die Lippen an den Baumstamm preßte, vermochte er zu atmen. Der unaufhörliche Ansturm des Windes erschöpfte ihn. Körper und Gehirn wurden müde. Er beobachtete, dachte nicht länger, er war nur halb bei Bewußtsein. Ein Gedanke erfüllte ihn: Das also war ein Orkan! Dieser eine Gedanke kehrte unregelmäßig, aber beharrlich wieder. Er war wie eine schwache Flamme, die gelegentlich aufflackerte. Aus einem Zustand der Starre kehrte er immer wieder zu ihm zurück – das also war ein Orkan! Und dann versank er wieder in neue Starre.

Von elf Uhr abends bis drei Uhr morgens raste der Orkan in gleicher Stärke. Es war elf, als der Baum, an dem Mapuhi und seine Frauen hingen, brach. Mapuhi tauchte an der Oberfläche der Lagune auf und konnte gerade seine Tochter Ngakura packen. Nur ein Südseeinsulaner vermochte in solchem erstickenden Getriebe zu leben. Der Pandanenstamm, an den er sich klammerte, wirbelte in Schaum und Gischt herum, und nur dadurch, daß er ab und zu schnell den Griff wechselte und sich umdrehte, war er imstande, seinen und Ngakuras Kopf für Augenblicke über Wasser zu bekommen, die genügten, sie Luft schöpfen zu lassen. Aber die Luft war wie Wasser, war fliegender Schaum und strömender Regen, der wagerecht durch die Luft peitschte.

Es waren zehn Meilen durch die Lagune bis zur andern Seite des Sandringes. Und neun Zehntel der unglücklichen Wesen, die der Lagune lebend entronnen waren, wurden hier von stürzenden Bäumen, Wrackteilen und Haustrümmern getötet. Halbertrunken, zu Tode erschöpft, wurden sie in diesen wahnsinnigen Mörser der Elemente geschleudert und zu formlosen Fleischmassen zerstampft. Aber Mapuhi hatte Glück. Das eines von zehn; es fiel ihm durch eine Laune des Schicksals zu. Aus einer Unzahl Wunden blutend, erreichte er den Strand. Ngakuras linker Arm war gebrochen, ihre rechte Hand stark gequetscht, und Wange und Stirn bis auf den Knochen zerfetzt. Er packte einen noch stehenden Baum und klammerte sich daran, drückte das Kind an sich und schnappte nach Luft, während das Wasser der Lagune ihm die Knie und zuweilen die Brust umspülte.

Um drei Uhr morgens war dem Orkan das Rückgrat gebrochen. Um fünf Uhr wehte nur noch eine steife Brise. Und um sechs Uhr war es totenstill, und die Sonne schien. Die See hatte sich gelegt. An dem noch unruhigen Rande der Lagune sah Mapuhi die zerfleischten Leichen derer, denen die Landung mißglückt war. Zweifellos waren Tefara und Nauri unter ihnen. Er ging suchend am Strande entlang und fand seine Frau, die halb im, halb über dem Wasser lag. Er setzte sich nieder und weinte mit den tierischen Lauten primitiven Kummers. Da bewegte sie sich unruhig und stöhnte. Er blickte genauer hin. Sie lebte nicht nur, sie war sogar unverletzt. Sie schlief. Auch sie hatte das Glück des einen von zehn gehabt.

Von den zwölfhundert, die die Insel am Abend zuvor belebt hatten, waren nur dreihundert übrig. Der Mormonenmissionar und ein Polizist nahmen die Zählung vor. Die Lagune war mit Leichen übersät. Nicht ein Haus, nicht eine Hütte stand mehr. Auf dem ganzen Atoll war nicht ein Stein auf dem andern geblieben. Von je fünfzig Kokospalmen stand noch eine, aber auch sie waren Wracks, und auf keiner war auch nur eine Nuß geblieben. Es gab kein frisches Wasser. Die Brunnen waren mit Salzwasser gefüllt. Aus der Lagune wurden drei ganz durchnäßte Mehlsäcke gefischt. Die Überlebenden schnitten das Mark aus den gestürzten Kokospalmen und aßen es. Hier und da krochen sie in winzige Hütten, die sie machten, indem sie Löcher in den Sand gruben und sie mit Resten von Blechdächern überdeckten. Der Missionar verfertigte einen rohen Brennkolben, konnte aber nicht genug Wasser für dreihundert Menschen destillieren. Als Raoul am Ende des zweiten Tages in der Lagune badete, entdeckte er, daß sein Durst dadurch etwas gestillt wurde. Er rief die Neuigkeit aus, und gleich darauf konnte man dreihundert Männer, Frauen und Kinder bis an den Hals im Wasser stehen und durch die Haut die Feuchtigkeit aufsaugen sehen. Ihre Toten schwammen um sie her oder lagen auf dem Grunde, so daß man auf sie trat. Am dritten Tage wurden sie begraben, dann setzte man sich hin, um auf die Hilfsdampfer zu warten.

Inzwischen erlebte Nauri, die der Orkan ihrer Familie entrissen hatte, ein Abenteuer auf eigne Faust. An eine ungehobelte Planke geklammert, die sie verletzte und quetschte und ihren Körper mit Splittern zerriß, wurde sie quer über das Atoll ins offene Meer geschwemmt. Unter dem erstaunlichen Schwall wahrer Berge von Wasser entglitt ihr die Planke. Sie war eine alte Frau, nahe an die sechzig, aber sie war in Paumotu geboren und hatte ihr ganzes Leben am Meere verlebt. In der Finsternis schwimmend, kämpfend, erstickend, nach Luft schnappend, erhielt sie von einer Kokosnuß einen heftigen Schlag an die Schulter. Im selben Augenblick war ihr Plan gefaßt, und sie ergriff die Nuß. Im Laufe der nächsten Stunde fischte sie noch sieben dazu auf. Zusammengebunden bildeten sie einen Rettungsgürtel, der ihr zwar das Leben rettete, sie aber gleichzeitig kurz und klein zu stoßen drohte. Sie war eine fette Frau und leicht zu quetschen, aber sie wußte mit Orkanen Bescheid, und während sie zu ihrem Haigott um Schutz vor Haien betete, wartete sie darauf, daß der Wind sich legen sollte. Um drei Uhr war sie jedoch so erstarrt, daß sie die Besinnung verlor. Als es um sechs ruhig wurde, merkte sie auch nichts davon. Sie erwachte erst aus ihrer Bewußtlosigkeit, als sie auf den Strand geworfen wurde. Mit aufgerissenen, blutenden Händen und Füßen grub und stemmte sie sich gegen den Rückschlag der Wellen, bis sie aus ihrem Bereiche war. Sie wußte, wo sie sich befand. Dies Land konnte nichts andres sein als die kleine Insel Takokota. Sie besaß keine Lagune. Niemand lebte auf ihr. Hikueru war fünfzehn Meilen entfernt. Sie konnte Hikueru nicht sehen, wußte aber, daß es gegen Süden lag. Die Tage vergingen, und sie lebte von den Nüssen, die sie über Wasser gehalten hatten. Sie dienten ihr als Trinkwasser und Speise. Aber sie trank und aß nicht so viel, wie sie gern gewollt hätte. Die Rettung war zweifelhaft. Sie sah den Rauch des Hilfsdampfers am Horizont, es war aber nicht daran zu denken, daß er etwa hierher nach dem einsamen, unbewohnten Takokota kam.

Vor allem wurde sie von Leichen gequält. Die See schleuderte sie hartnäckig auf ihr kleines Fleckchen Sand, und Nauri warf, solange ihre Kräfte reichten, sie ebenso hartnäckig wieder ins Wasser, wo die Haie an ihnen zerrten und sie zerrissen. Als ihre Kräfte nachließen, bekränzte sich der ganze Strand mit Leichen, und sie zog sich, soweit sie konnte – was indessen nicht sehr weit war – von ihnen zurück.

Am zehnten Tage war ihre letzte Kokosnuß verzehrt, und sie schrumpfte ganz vor Durst ein. Sie schleppte sich den Strand entlang auf der Suche nach Kokosnüssen. Es war merkwürdig, daß so viele Leichen angeschwemmt wurden und gar keine Kokosnüsse. Es mußten doch mehr Nüsse als Leichen herumschwimmen. Schließlich gab sie es auf und blieb erschöpft liegen. Das Ende war gekommen; es blieb nichts übrig, als auf den Tod zu warten.

Als sie nach kurzer Bewußtlosigkeit wieder zu sich kam, wurde sie gewahr, daß sie auf ein Büschel rotblonden Haares auf dem Kopfe einer Leiche starrte. Die See warf die Leiche heran und riß sie wieder fort. Dann wurde sie umgedreht, und Nauri sah, daß sie kein Gesicht hatte. Und doch war etwas Bekanntes an diesem rotblonden Haarbüschel. Eine Stunde verging. Sie zerbrach sich nicht den Kopf darüber, wer es sein könnte. Sie wartete auf den Tod, und es war ihr gleichgültig, welcher Mensch dieser Gegenstand des Schreckens einst gewesen sein mochte.

Als die Stunde um war, setzte sie sich jedoch langsam auf und betrachtete den Leichnam. Eine ungewöhnlich hohe Welle hatte ihn in den Bereich der kleineren geworfen. Ja, sie hatte recht, dieser Büschel roten Haares konnte nur einem einzigen Manne auf den Paumotuinseln gehören. Es war Levy, der deutsche Jude, der Mann, der die Perle gekauft und auf der ›Hira‹ weggebracht hatte. Nun, jedenfalls war die ›Hira‹ untergegangen. Der Gott der Fischer und Diebe hatte den Perlenhändler im Stich gelassen.

Sie kroch zu dem toten Manne. Sein Hemd war zerrissen, und sie konnte den ledernen Geldgurt um seinen Leib sehen. Sie hielt den Atem an und löste die Schnallen. Leichter, als sie erwartet hatte, gaben sie nach, und sie kroch, den Gurt hinter sich herschleppend, hastig über den Sand. Eine Tasche des Gurtes nach der andern öffnete sie und fand sie leer. In der allerletzten aber entdeckte sie die einzige Perle, die er auf dieser Reise gekauft hatte. Um dem Leichengeruch zu entgehen, kroch sie einige Schritte weiter und untersuchte dann die Perle. Es war die, die Mapuhi gefunden und Toriki diesem geraubt hatte. Sie wog sie in der Hand und rollte sie zärtlich hin und her. Aber sie sah nicht ihre innere Schönheit. Was sie sah, war das Haus, das Mapuhi, Tefara und sie so sorgsam in Gedanken erbaut hatten. Jedesmal, wenn sie die Perle betrachtete, sah sie das Haus in allen Einzelheiten, einschließlich der achteckigen Wanduhr. Das war etwas, wofür es schon wert war zu leben.

Sie riß einen Streifen von ihrem Ahu und band sich die Perle sorgfältig am Halse fest. Dann ging sie keuchend und stöhnend, aber entschlossen, nach Kokosnüssen suchend, den Strand entlang. Bald fand sie eine, und als sie sich umsah, noch eine. Sie brach die eine auf, trank die Milch, die modrig schmeckte, und aß das Fleisch bis auf den letzten Rest. Ein wenig später fand sie ein zersplittertes Kanu. Der Ausleger fehlte, aber sie war guten Mutes, und ehe der Tag um war, hatte sie ihn gefunden. Jeder Fund war ein glückliches Vorzeichen. Die Perle war ein Talisman. Spät am Nachmittage sah sie eine Holzkiste tief im Wasser schwimmen. Als sie sie auf den Strand zog, rasselte der Inhalt, und sie fand Dosen mit eingemachtem Lachs darin. Durch Hämmern auf das Kanu öffnete sie eine davon. Sie machte mit Mühe ein Loch und trank den flüssigen Inhalt. Dann brauchte sie mehrere Stunden, um den Lachs herauszubekommen, indem sie hämmerte und jedes Stückchen einzeln herauspreßte.

Noch acht Tage wartete sie auf Hilfe. Unterdessen befestigte sie den Ausleger wieder am Kanu, indem sie ihn mit allen Kokosfasern, deren sie habhaft werden konnte, und den Überresten ihres Ahus festsurrte. Das Kanu war bös mitgenommen, und sie konnte es nicht wasserdicht machen, aber sie verstaute als Schöpfeimer an Bord eine Kalebasse, die sie aus einer Kokosnuß machte. Schwere Mühe bereitete ihr das Ruder. Mit einem Stück Blech sägte sie sich alles Haar dicht an der Kopfhaut ab, flocht ein Seil daraus und band mit diesem Seil ein drei Fuß langes Stück von einem Besenstiel an ein Brett von der Lachskiste. Mit den Zähnen nagte sie Keile und keilte damit die Sorring fest.

Um Mitternacht des achtzehnten Tages schob sie das Kanu durch die Brandung und machte sich nach Hikueru auf. Sie war eine alte Frau. Die Mühen hatten sie ihr Fett verlieren lassen, so daß kaum mehr als Haut und Knochen und wenige zähe Muskeln übriggeblieben waren. Das Kanu war so groß, daß zum Rudern drei kräftige Männer gehört hätten. Aber sie schaffte es allein mit ihrem Notruder. Auch leckte das Boot schwer, so daß sie den dritten Teil der Zeit mit Schöpfen verbringen mußte. Bei Tagesanbruch blickte sie vergebens nach Hikueru aus. Hinter ihr war Takokota fast unter dem Rande des Meeres versunken. Die Sonne schien auf ihren nackten Körper und preßte ihm alle Feuchtigkeit aus. Sie hatte noch zwei Dosen Lachs, und im Laufe des Tages schlug sie Löcher hinein und trank die Flüssigkeit. Das Fleisch herauszuziehen und zu essen, hatte sie keine Zeit. Eine Strömung führte sie nach Westen, und nach Westen fuhr sie, mochte sie auch, soviel sie wollte, nach Süden steuern.

Früh am Nachmittage sichtete sie, aufrecht im Boote stehend, Hikueru. Sein Reichtum an Kokospalmen war verschwunden. Nur in weiten Zwischenräumen konnte sie hier und da die armseligen Überreste von Bäumen sehen. Dennoch ermunterte der Anblick sie. Sie war näher, als sie gedacht hatte. Die Strömung führte sie nach Westen. Sie ruderte und kämpfte dagegen an. Die Keile in der Sorring des Ruders lösten sich, und sie verlor viel Zeit mit dem Befestigen. Dazu kam das Schöpfen Von drei Stunden mußte sie eine mit Schöpfen verbringen. Und immerfort trieb sie nach Westen.

Bei Sonnenuntergang lag Hikueru dreiviertel Meilen östlich. Es war Vollmond, und um acht Uhr befand sich die Insel genau östlich von ihr. Sie war mitten in der stärksten Strömung; das Kanu war zu groß, das Ruder zu mangelhaft, und sie mußte zuviel Zeit und Kraft mit Schöpfen verschwenden. Dazu war sie sehr schwach und wurde immer schwächer. Trotz ihrer Anstrengungen trieb das Kanu nach Westen. Sie sandte ein Gebet zu ihrem Haigott, glitt über Bord und begann zu schwimmen. Das Wasser erfrischte sie, und schnell ließ sie das Kanu hinter sich zurück. Nach Verlauf einer Stunde war sie dem Lande merklich näher gekommen. Da kam der Schrecken. Gerade vor ihren Augen, keine zwanzig Fuß entfernt, durchschnitt eine große Flosse das Wasser. Sie schwamm standhaft darauf zu, und die Flosse glitt langsam fort, indem sie rechts abbog und sie umkreiste. Sie heftete ihre Augen auf die Flosse und schwamm weiter. Verschwand die Flosse, so senkte sie das Gesicht auf das Wasser und wartete. Erschien die Flosse wieder, so nahm sie das Schwimmen wieder auf. Das Ungeheuer war träge – das konnte sie sehen. Zweifellos hatte es seit dem Orkan genug zu fressen gehabt. Wäre es hungrig gewesen, so hätte es keinen Augenblick gezögert, sich auf sie zu stürzen. Es war fünfzehn Fuß lang, und ein Biß hätte sie, wie sie wußte, in zwei Teile schneiden können.

Aber sie hatte keine Zeit, sich mit dem Hai aufzuhalten. Soviel sie auch schwamm, die Strömung trieb sie doch immer wieder ab. Eine halbe Stunde verging, und der Hai begann dreister zu werden. Als er sah, daß er von ihr nichts Böses zu erwarten hatte, zog er in immer engeren Kreisen näher und blickte sie im Vorbeigleiten unverschämt und verschmitzt an. Sie wußte gut, daß er früher oder später genügend Mut aufbringen würde, um auf sie zu stoßen. Da beschloß sie, ihm zuvorzukommen. Es war eine Verzweiflungstat. Sie war eine alte Frau, allein im Meere und schwach von Entbehrungen und Mühsal, und doch mußte sie dem Angriff dieses Tigers der Meere zuvorkommen und ihn selber angreifen. Auf eine günstige Gelegenheit wartend, schwamm sie weiter. Da schwamm er träge in einer Entfernung von kaum acht Fuß vorbei. Sie tat, als ob sie ihn angreifen wollte, und stürzte sich plötzlich auf ihn. Er schlug wild mit dem Schwanze, während er floh, und seine sandpapierartige Haut traf sie und scheuerte ihr die Haut vom Ellbogen bis zur Schulter ab. In immer weiteren Kreisen schwamm er schleunigst fort und verschwand schließlich.

+++

In der mit Blechstücken bedeckten Höhle lagen Mapuhi und Tefara und zankten sich sehr. »Hättest du getan, wie ich dir sagte,« beschuldigte Tefara ihn zum tausendsten Male, »die Perle versteckt und niemandem etwas davon gesagt, so hättest du sie noch.«

»Aber Huru-Huru war dabei, als ich die Muschel öffnete – habe ich dir das nicht wieder und wieder und immer wieder gesagt?«

»Und nun bekommen wir kein Haus. Raoul hat mir heute gesagt, wenn du die Perle nicht verkauft hättest, so –«

»Ich hab' sie nicht verkauft. Toriki hat sie mir gestohlen.«

»– wenn du die Perle nicht verkauft hättest, so würde er dir fünftausend französische Dollar gegeben haben, und das sind zehntausend Chile.«

»Er hat mit seiner Mutter gesprochen«, erklärte Mapuhi. »Sie versteht sich auf Perlen.«

»Und nun ist die Perle verloren«, klagte Tefara.

»Dafür bin ich Toriki nichts mehr schuldig. Das macht immerhin zwölfhundert, die ich bekommen habe.«

»Toriki ist tot!« rief sie. »Man hat nichts von seinem Schoner gehört. Er ist mit der ›Aorai‹ und der ›Hira‹ verlorengegangen. Bezahlt Toriki dir denn die dreihundert, die er dir als Kredit versprochen hat? Nein, denn Toriki ist tot. Und würdest du Toriki heute die zwölfhundert schulden, wenn du die Perle nicht gefunden hättest? Nein, denn Toriki ist tot, und einem toten Mann kannst du nichts bezahlen.«

»Aber Levy hat Toriki nichts bezahlt«, sagte Mapuhi. Er hat ihm ein Stück Papier gegeben, das in Papeete für das Geld gut war; und jetzt ist Toriki tot und das Papier mit ihm verloren, und die Perle ist mit Levy verloren. Du hast recht, Tefara. Ich habe die Perle verloren und nichts dafür bekommen. Nun laß uns schlafen.«

Er hob plötzlich die Hand und lauschte. Von draußen kam ein Geräusch, wie wenn jemand schwer und mühsam atmete. Eine Hand tastete an der Matte, die als Eingangstür diente.

»Wer ist da?« rief Mapuhi.

»Nauri«, lautete die Antwort. »Kannst du mir sagen, wo mein Sohn Mapuhi ist?«

Tefara schrie und packte den Arm ihres Mannes.

»Ein Gespenst!« klapperte sie. »Ein Gespenst!«

Mapuhis Gesicht war fahl wie der Tod. Er klammerte sich entsetzt an seine Frau.

»Gute Frau,« stammelte er und bemühte sich, seine Stimme zu verändern, »ich kenne deinen Sohn gut Er lebt auf der Ostseite der Lagune.«

Von draußen kam ein Seufzer. Mapuhi fühlte sich erleichtert. Er hatte das Gespenst genarrt.

»Aber wo kommst du her, alte Frau?« fragte er.

»Aus dem Meere«, lautete die verzagte Antwort.

»Ich wußte es! Ich wußte es!« schrie Mapuhi und schüttelte sich.

»Seit wann hat Tefara ihr Lager in einem fremden Hause?« erklang Nauris Stimme durch die Matte. Mapuhi blickte sein Weib furchtsam und vorwurfsvoll an. Ihre Stimme hatte sie verraten.

»Und seit wann verleugnet Mapuhi, mein Sohn, seine alte Mutter?« tönte die Stimme wieder.

»Nein, nein, ich habe – Mapuhi hat dich nicht verleugnet«, rief er. »Ich bin nicht Mapuhi. Er ist auf der Ostseite der Lagune, sage ich dir.«

Ngakura setzte sich im Bette auf und begann zu weinen. Die Matte zitterte.

»Was tust du?« fragte Mapuhi.

»Ich komme hinein«, sagte Nauris Stimme.

Ein Ende der Matte wurde gelüftet. Tefara versuchte, unter die Decke zu kriechen, aber Mapuhi klammerte sich an sie. Er mußte sich an etwas festhalten. Miteinander ringend, zitternd und mit hervorquellenden Augen blickten sie zusammen auf die Matte, die sich hob. Sie sahen Nauri, von Seewasser triefend, ohne Ahu hereinkriechen. Sie fielen nach hinten, rollten übereinander und kämpften um Ngakuras Decke, um sich darunter zu verstecken.

»Ihr könntet eurer alten Mutter einen Schluck Wasser geben«, sagte das Gespenst kläglich.

»Gib ihr einen Schluck Wasser«, befahl Tefara mit zitternder Stimme.

»Gib ihr einen Schluck Wasser«, gab Mapuhi den Befehl an Ngakura weiter.

Und gemeinschaftlich holten sie Ngakura unter der Decke hervor. Als Mapuhi eine Minute darauf verstohlen aufblickte, sah er das Gespenst trinken. Als es dann gar die Hand ausstreckte und sie in die seine legte, fühlte er ihr Gewicht und überzeugte sich, daß es kein Geist war. Da tauchte er auf, zerrte Tefara hinter sich her, und nach einigen Minuten lauschten alle Nauris Erzählung. Und als sie von Levy sprach und die Perle in Tefaras Hand gleiten ließ, war auch sie mit der Wirklichkeit ihrer Schwiegermutter ausgesöhnt.

»Morgen früh«, sagte Tefara, »verkaufst du Raoul die Perle für fünftausend französische.«

»Und das Haus?« warf Nauri ein.

»Er wird das Haus bauen«, antwortete Tefara. »Er sagt, es kostet viertausend. Außerdem will er noch einen Kredit von tausend geben.«

»Und es wird sechs Faden lang sein?« zweifelte Nauri.

»Gewiß,« antwortete Mapuhi, »sechs Faden.«

»Und im Mittelzimmer wird die achteckige Wanduhr sein?«

»Gewiß, und der runde Tisch auch.«

»Dann gib mir etwas zu essen, denn ich bin hungrig«, sagte Nauri zufrieden. »Und dann wollen wir schlafen, denn ich bin müde. Und ehe wir die Perle morgen verkaufen, wollen wir weiter über das Haus sprechen. Es ist besser, wir fordern die tausend in bar. Geld ist immer besser als Kredit, wenn man von den Händlern kaufen soll.«

Der Walzahn

Es war in Fidschis frühesten Tagen, als John Starhurst im Missionshause des Dorfes Rewa aufstand und seine Absicht kundtat, das Evangelium über ganz Viti Levu zu verkünden. Nun heißt Viti Levu »Das Große Land«, da es die größte in einer Gruppe vieler großer Inseln ist, von den Hunderten kleiner ganz zu schweigen. Hier und da lebten an der Küste in höchst unsicheren Verhältnissen kleine Missionssprengel, Händler, Trepangfischer und Deserteure von Walfängern. Der Rauch der heißen Öfen stieg unter ihren Fenstern auf, und die Leichen der Erschlagenen wurden an ihren Türen vorbei zur Opferung geschleppt.

Lotu, das Christentum, machte nur langsame Fortschritte und ging oft den Krebsgang. Häuptlinge, die sich selbst für Christen erklärt hatten, zeigten eine bedauerliche Neigung zu Rückfällen, um sich am Verzehren eines Lieblingsfeindes beteiligen zu können. Fressen oder gefressen werden, das war das Gesetz des Landes gewesen, und fressen oder gefressen werden, versprach noch lange das Gesetz des Landes bleiben zu wollen. Es gab Häuptlinge, wie Tanoa, Tuiveikoso oder Tuikilakila, die buchstäblich Hunderte ihrer Mitmenschen gefressen hatten. Aber den höchsten Rang unter diesen Prassern nahm Ra Undreundre ein. Ra Undreundre lebte auf Takiraki. Er führte ein Register über seine kulinarischen Heldentaten. Eine Reihe von Steinen vor seinem Hause bezeichnete die Leichen, die er gefressen hatte. Diese Reihe war zweihundertunddreißig Schritt lang und zählte achthundertundzweiundsiebzig Steine. Jeder Stein bedeutete eine Leiche. Die Reihe wäre wohl noch länger gewesen, hätte Ra Undreundre nicht unglücklicherweise bei einem Buschgefecht auf Somo Somo einen Speerstich in die Rückenseite bekommen und wäre als Braten Naungavuli vorgesetzt worden, dessen unbedeutende Steinreihe nur achtundvierzig zählte. Die schwer arbeitenden, fiebergeplagten Missionare hingen mit äußerster Treue, wenn auch manchmal der Verzweiflung nahe, an ihrer Aufgabe und warteten auf irgendeine besondere Offenbarung, die ihnen eine ruhmvolle Ernte an Seelen bringen sollte. Aber das heidnische Fidschi blieb verstockt. Die krausköpfigen Kannibalen zeigten keine Neigung, ihre Fleischtöpfe zu verlassen, solange es eine reichliche Ernte an menschlichen Leichen gab. War sie allzu reichlich, so betrogen sie wohl auch die Missionare, indem sie das Gerücht ausstreuten, daß an dem und dem Tage ein Schlachtfest stattfinden werde. Sofort pflegten dann die Missionare das Leben der Opfer mit Tabakstangen, Kalikostücken und Handelsperlen loszukaufen. Indem sie so über ihren Überschuß an lebender Speise verfügten, trieben die Häuptlinge einen schwunghaften Handel. Sie konnten ja jederzeit wieder ausziehen und mehr fangen.

Zu diesem Zeitpunkt machte John Starhurst bekannt, daß er das Evangelium im Großen Lande von Küste zu Küste verbreiten und damit beginnen wollte, in die Berge an der Quelle des Rewaflusses zu dringen. Seine Worte wurden mit Bestürzung aufgenommen.

Die eingeborenen Lehrer weinten leise. Seine beiden Missionare versuchten, es ihm auszureden. Der König von Rewa warnte ihn, daß die Gebirgsbewohner ihn sicher kai-kai – das bedeutet fressen – würden, und daß er, der König von Rewa, der doch Lotu geworden sei, dann gezwungen wäre, Krieg gegen jene zu führen. Daß er sie nicht besiegen könne, wisse er ganz genau. Ebensogut wisse er, daß sie den Fluß herabkommen und das Dorf Rewa plündern würden. Aber was solle er machen? Bestehe John Starhurst darauf, auszuziehen und gefressen zu werden, so gebe es eben einen Krieg, der Hunderte von Menschenleben kosten würde.

Später am Tage machte eine Deputation von Rewahäuptlingen John Starhurst ihre Aufwartung. Er hörte sie geduldig an und sprach geduldig mit ihnen, gab aber nicht ein Tüttelchen nach. Seinen Kameraden erklärte er, daß er eben den Ruf erhalten habe, das Evangelium nach Vitu Levu zu tragen, und daß er einfach dem Wunsche des Herrn gehorche.

Den Händlern, die ihm am eifrigsten entgegentraten, sagte er: »Eure Einwände sind wertlos. Sie beruhen nur darauf, daß euer Geschäft Schaden erleiden könnte. Ihr interessiert euch fürs Geldverdienen, ich mich für die Rettung von Seelen. Die Heiden dieses dunklen Landes müssen gerettet werden.«

John Starhurst war kein Fanatiker. Er wäre selbst der erste gewesen, diesen Vorwurf zurückzuweisen. Er war durchaus gesund und praktisch veranlagt. Er war überzeugt, daß seine Sendung zum Guten führen müßte, und hatte geheime Visionen, wie er das Pfingstfeuer in den Seelen der Gebirgsbewohner entzünden und von den Bergen aus das Große Land der Länge und Breite nach von Meer zu Meer, bis zu den kleinsten Inseln erwecken wollte. In seinen milden, grauen Augen flammte kein wildes Licht, nur ruhige Entschlossenheit und unerschütterlicher Glaube an die höhere Macht, die ihn leitete.

Nur einen Menschen fand er, der seinen Plan billigte, und das war Ra Vatu, der ihn heimlich ermutigte und sich erbot, ihm Führer bis zum Fuße der Berge zu leihen. John Starhurst war äußerst erfreut über Ra Vatus Angebot. Ra Vatu, der ein unverbesserlicher Heide mit einem Herzen so schwarz wie seine Gewohnheiten gewesen war, begann jetzt, Licht auszustrahlen. Er sprach sogar davon, Lotu zu werden. Allerdings hatte er schon vor drei Jahren die gleiche Absicht bekundet und wäre der Kirche beigetreten, wenn John Starhurst nicht Einspruch dagegen erhoben hätte, daß er seine vier Frauen mitbrachte. Ra Vatu hatte ökonomische und ethische Einwände gegen die Monogamie erhoben. Außerdem hatte die Haarspalterei des Missionars ihn beleidigt, und zum Beweise, daß er ein Mann von Willensfreiheit und Ehre war, hatte er seine ungeheure Schlachtkeule über John Starhursts Haupt geschwungen. Starhurst hatte die Keule unterlaufen und sich an ihm festgeklammert, bis Hilfe kam. So war er dem Tode entgangen. Aber das war nun alles vergeben und vergessen. Ra Vatu wollte in die Kirche eintreten, nicht nur als bekehrter Heide, sondern auch als bekehrter Polygamist. Wie er Starhurst versicherte, wartete er nur auf den Tod seiner ältesten Frau, die schon sehr krank war.

John Starhurst reiste auf der träge fließenden Rewa in einem von Ra Vatus Booten. Dieses Kanu sollte ihn zwei Tage lang tragen und dann, wenn das Ende der Wasserfahrt erreicht war, umkehren. In weiter Ferne konnte man die hohen dunstigen Berge, die das Rückgrat des Großen Landes bildeten, sich zum Himmel erheben sehen. Täglich schaute John Starhurst sehnsüchtig nach ihnen aus. Manchmal betete er leise. Dann wieder betete er gemeinsam mit Narau, einem eingeborenen Lehrer, der seit sieben Jahren Lotu war, seit dem Tage, da er durch Dr. James Ellery um die Kleinigkeit von hundert Stangen Tabak, zwei Stück Leinen und einer großen Flasche Sorgenbrecher vor dem heißen Ofen bewahrt worden war. Nach zwanzigstündigem Flehen und Beten hatte Naraus Ohr im letzten Augenblick den Ruf vernommen und zog nun mit John Starhurst nach den Bergen.

»Meister, wahrlich, ich will mit dir gehen«, hatte er verkündet.

John Starhurst hatte ihn mit ernster Freude empfangen. Der Herr war in der Tat mit ihm, daß er ein Geschöpf von so schwachem Geiste wie Narau erleuchtete.

»Ich bin wirklich ohne Mut, das schwächste von den Gefäßen des Herrn«, erklärte Narau am ersten Tage im Kanu.

»Du solltest Glauben haben, stärkeren Glauben«, schalt ihn der Missionar.

Am selben Tage befuhr ein andres Kanu die Rewa. Aber es kam eine Stunde später und nahm sich in acht, daß es nicht gesehen würde. Dieses Kanu gehörte ebenfalls Ra Vatu. Darin befand sich Erirola, Ra Vatus nächster Verwandter und vertrautester Diener, und in dem kleinen Korb, den er nie aus der Hand ließ, lag ein Walzahn. Es war ein prachtvoller Zahn, volle sechs Zoll lang, von wunderbarer Form und vom Alter gelb und purpurn gefärbt. Dieser Zahn gehörte gleicherweise Ra Vatu, und wenn in Fidschi ein solcher Zahn ausgeschickt wird, ereignet sich gewöhnlich etwas. Denn das ist die Kraft des Walzahnes: Wer immer ihn annimmt, kann das Verlangen, das ihn begleitet oder ihm folgt, nicht verweigern. Es mag sein, was es will, von einem Menschenleben bis zum Stammesbündnis, kein Fidschianer wird so ehrvergessen sein, es abzuschlagen, wenn er den Zahn einmal angenommen hat. Schlägt es einmal fehl oder verzögert sich die Erfüllung, so sind die Folgen unberechenbar.

Hoch an der Rewa, im Dorfe eines Häuptlings namens Mongondro, machte John Starhurst am Ende des zweiten Reisetages halt.

Am nächsten Morgen wollte er in Naraus Begleitung zu Fuß nach den dunstigen Bergen aufbrechen, die jetzt, in der Nähe, wie grüner Samt aussahen. Mongondro war ein gutmütiger, kleiner, alter Häuptling. Er war kurzsichtig und aussätzig und hatte keine Neigung mehr für die Stürme des Krieges.

Er empfing den Missionar mit warmer Gastfreundschaft, gab ihm Essen von seinem eignen Tische und ließ sich sogar darauf ein, religiöse Fragen mit ihm zu erörtern. Mongondro war wißbegierig und machte John Starhurst große Freude durch seine Fragen über das Sein und den Ursprung der Dinge. Als der Missionar sein Kompendium über die Schöpfung der Genesis gemäß beendet hatte, sah er, daß Mongondro tief gerührt war. Der kleine, alte Häuptling rauchte eine Zeitlang schweigend. Dann nahm er die Pfeife aus dem Munde und schüttelte betrübt den Kopf.

»Das kann nicht sein«, sagte er. »Ich, Mongondro, war in meiner Jugend ein tüchtiger Arbeiter mit dem Beil. Und doch hat es mich drei Monate gekostet, ein Kanu herzustellen – ein ganz kleines Kanu. Und du sagst, daß alles Land und Wasser durch einen einzigen Mann – –«

»Nein, durch einen Gott geschaffen ist, den einzigen, wahren Gott«, unterbrach ihn der Missionar.

»Das kommt auf eins heraus«, fuhr Mongondro fort. »– – daß alles Land und Wasser, die Bäume die Fische und die Büsche und die Berge, die Sonne, der Mond und die Sterne in sechs Tagen geschaffen sind! Nein, nein. Ich sage dir, ich war in meiner Jugend ein tüchtiger Mensch, und doch habe ich drei Monate für ein kleines Kanu gebraucht. Mit der Geschichte kannst du Kinder schrecken, aber ein Mann kann sie nicht glauben.«

»Ich bin ein Mann«, sagte der Missionar.

»Ja, du bist ein Mann. Aber meinem dunklen Verstände ist nicht gegeben zu wissen, was du glaubst.«

»Ich sage dir ja, ich glaube, daß die ganze Welt in sechs Tagen erschaffen ist.«

»So sagst du, so sagst du«, murmelte der alte Kannibale beschwichtigend.

Unmittelbar nachdem John Starhurst und Narau sich zur Ruhe begeben hatten, kroch Erirola in das Haus des Häuptlings und händigte Mongondro nach einer diplomatischen Ansprache den Walzahn aus. Der alte Häuptling hielt den Zahn lange in der Hand. Es war ein wunderschöner Zahn, und er hätte ihn gern besessen. Aber er erriet das Verlangen, das ihn begleitete. Nein, nein. Walzähne waren wunderschön, und das Wasser lief ihm im Munde zusammen. Aber er gab ihn Erirola mit vielen Entschuldigungen zurück.

+++

Bei Tagesgrauen war John Starhurst auf den Beinen und marschierte in seinen großen Lederstiefeln, auf den Fersen den treuen Narau, den Busdipfad entlang hinter einem nackten Führer, den ihm Mongondro geliehen hatte, damit er ihnen den Weg nach dem nächsten Dorfe zeige. Hier erhielten sie einen neuen Führer. Eine Meile dahinter stapfte als Nachhut Erirola, den Korb mit dem Walzahn über die Schulter gehangen tragend.

Noch zwei Tage folgte er den Spuren des Missionars und bot den Dorfhäuptlingen den Zahn an. Aber Dorf auf Dorf wies ihn zurück. Er traf so bald nach dem Missionar ein, daß sie das zu erwartende Verlangen errieten und daher nichts damit zu tun haben wollten.

So kamen sie tief in die Berge, und Erirola schlug einen geheimen Pfad ein, auf dem er den Missionar überholte und vor ihm das Bollwerk des Buli von Gatoka erreichte. Nun wußte der Buli nichts von John Starhursts bevorstehender Ankunft. Und der Zahn war schön – ein außerordentlich prachtvolles Exemplar in den seltensten Farben. Der Zahn wurde ihm öffentlich angeboten. Der Buli von Gatoka, auf seiner besten Matte sitzend, von seinen vornehmsten Leuten umgeben, drei Fliegenwedler hinter sich, geruhte aus der Hand seines Herolds den Zahn entgegenzunehmen, den Ra Vatu ihm als Geschenk bot und durch seinen Verwandten Erirola in die Berge geschickt hatte. Händeklatschen folgte der Annahme des Geschenks, und die Häuptlinge. Herolde und Fliegenwedler schrien im Chor:

»A woi! woi! woi! A woi! woi! woi! A tabua levu! woi! woi! A mudua, mudua, mudua!«

»Bald wird ein Mann, ein weißer Mann kommen«, begann Erirola nach einer angemessenen Pause. »Er ist ein Missionar, und er kommt heute. Ra Vatu möchte gern seine Stiefel haben. Er will sie seinem guten Freunde Mongondro schenken und hat die Absicht, sie ihm mit den Füllen darin zu schicken, denn Mongondro ist ein alter Mann und hat keine guten Zähne mehr. Es muß sicher sein, o Buli, daß die Füße in den Stiefeln stecken. Der Rest kann meinetwegen hierbleiben.«

Die Freude über den Walzahn wich aus Bulis Augen, und er blickte unsicher umher. Aber er hatte den Zahn schon angenommen.

»Eine solche Kleinigkeit wie ein Missionar hat nichts zu sagen«, ermunterte Erirola ihn.

»Nein, nein, eine Kleinigkeit wie ein Missionar hat nichts zu sagen«, beantwortete der Buli seine eignen Gedanken. »Mongondro soll die Stiefel haben. Geht, ihr jungen Männer, drei oder vier von euch, und begegnet dem Missionar auf dem Wege. Und bringt ja die Stiefel mit.«

»Zu spät«, sagte Erirola. »Hört! Da kommt er.«

John Starhurst durchbrach, Narau dicht auf den Fersen, das dichte Gestrüpp und erschien auf dem Schauplatz. Die berühmten Stiefel waren beim Durchwaten eines Flusses vollgelaufen und spritzten bei jedem Schritt feine Wasserstrahlen.

Starhurst blickte mit leuchtenden Augen um sich. Gestützt auf einen unerschütterlichen Glauben, unberührt von Furcht oder Zweifel, frohlockte er bei dem Anblick, der sich ihm bot. Er wußte, daß er seit Urbeginn der Zeiten der erste weiße Mann war, dessen Fuß die Bergfeste Gatoka betrat.

Die Grashütten hingen an den jähen Abhängen der Berge oder über der rauschenden Rewa. Auf beiden Seiten gähnte ein mächtiger Abgrund. Bestenfalls drei Stunden lang drang das Sonnenlicht in diese enge Schlucht. Weder Kokosnüsse noch Bananen waren zu sehen, obgleich dichte tropische

Vegetation alles überwucherte, in luftigen Girlanden über den Rändern der Abgründe hing und üppig alle Spalten füllte. Am unteren Ende der Schlucht bildete die Rewa einen einzigen Wasserfall von achthundert Fuß Höhe, und die Luft in der Bergfeste pulste in dem rhythmischen Donner des Falls. Aus dem Hause des Buli tauchte dieser mit seinem Gefolge auf.

»Ich bringe euch gute Kunde«, lautete der Gruß des Missionars.

»Wer hat dich geschickt?« erwiderte der Buli ruhig.

»Gott.«

»Das ist ein neuer Name in Viti Levu«, grinste der Buli. »Welchen Inseln, Dörfern oder Wegen gebietet er als Häuptling?«

»Er ist Häuptling über alle Inseln, alle Dörfer, alle Wege«, erwiderte John Starhurst feierlich. »Er ist Herr über Himmel und Erde, und ich bin gekommen, euch sein Wort zu verkünden.«

»Hat er Walzähne geschickt?« fragte der Buli frech.

»Nein, aber wertvoller als Walzähne ist — —«

»Es ist Sitte unter Häuptlingen, Walzähne zu schicken«, unterbrach ihn der Buli. »Dein Häuptling ist entweder ein Geizhals, oder du bist ein Dummkopf, daß du mit leeren Händen in die Berge kommst. Sieh her, ein Freigebigerer als du ist dir zuvorgekommen.«

Mit diesen Worten zeigte er den Walzahn, den er von Erirola erhalten hatte.

Narau stöhnte.

»Das ist Ra Vatus Walzahn«, flüsterte er Starhurst zu. »Ich kenne ihn wohl. Jetzt ist es aus mit uns.«

»Eine schöne Handlung«, antwortete der Missionar, indem er sich mit der Hand durch den langen Bart fuhr und die Brille zurechtsetzte. »Ra Vatu hat ihn geschickt, damit wir gut empfangen würden.«

Aber Narau stöhnte wieder und zog sich von den Fersen zurück, denen er wie ein treuer Hund gefolgt war.

»Ra Vatu wird bald Lotu werden«, erklärte Starhurst, »und ich bin gekommen, um auch euch Lotu zu bringen.«

Ich will nichts von deinem Lotu wissen«, sagte der Buli stolz. »Und ich denke, daß ich dich heute noch mit meiner Keule erschlagen werde.«

Der Buli winkte einem seiner großen Gebirgler, der, eine Keule schwingend, nähertrat. Narau flüchtete in das nächste Haus und versuchte, sich zwischen Frauen und Matten zu verstecken; John Starhurst aber unterlief die Keule und schlang die Arme um den Nacken seines Mörders. In dieser vorteilhaften Stellung fuhr er fort zu diskutieren. Er diskutierte um sein Leben und wußte das; aber er war weder erregt noch bange.

»Es wäre von Übel für dich, wenn du mich tötetest«, sagte er zu dem Manne. »Ich habe weder dir noch dem Buli etwas zuleide getan.«

So fest klammerte er sich an den Hals des Mannes, daß sie nicht wagten, mit ihren Keulen zuzuschlagen. Und während er ihn so umschlungen hielt, fuhr er fort, mit den Menschen, die seinen Tod forderten, zu diskutieren.

»Ich bin John Starhurst«, sagte er ruhig. »Ich habe drei Jahre in Fidschi gearbeitet und habe es nicht um eines Vorteils willen getan. Ich bin hier um des Guten willen. Warum sollte mich wohl jemand töten? Mein Tod würde niemandem Nutzen bringen.«

Der Buli warf einen Blick auf den Walzahn. Er war gut bezahlt worden.

Der Missionar war von einer Menge nackter Wilder umringt, die alle kämpften, um an ihn heranzukommen. Der Todesgesang, das heißt das Lied vom Ofen, wurde angestimmt, und man konnte seine Reden nicht mehr hören. Aber so geschickt wand und schlang er seinen Körper um den seines Henkers, daß der Todesstreich nicht geführt werden konnte. Erirola lächelte, und der Buli wurde zornig. »Weg mit euch!« rief er. »Eine schöne Geschichte wird man an der Küste erzählen – ein Dutzend von euch gegen einen Missionar, der waffenlos und schwach wie ein Weib ist und euch alle überwindet.«

»Warte, o Buli,« rief John Starhurst aus dem dichten Kampfgemenge, »warte, ich werde auch dich überwinden.

Denn meine Waffen sind Wahrheit und Recht, und niemand kann ihnen widerstehen.«

»Dann komm her zu mir,« antwortete der Buli, »denn meine Waffe ist nur eine elende Keule, und die kann dir ja, wie du sagst, nicht widerstehen.« Die Gruppe trennte sich, und John Starhurst stand allein dem Buli gegenüber, der sich auf eine ungeheure knorrige Schlachtkeule stützte.

»Komm her, Missionar, und überwinde mich«, rief der Buli herausfordernd.

»Gleich komme ich und überwinde dich«, antwortete John Starhurst, indem er zuerst seine Brille putzte und zurechtsetzte und dann vorzurücken begann.

Der Buli erhob die Keule und wartete.

»Erstens hast du gar keinen Nutzen von meinem Tode«, begann der Disput.

»Ich überlasse die Antwort meiner Keule«, erwiderte der Buli.

Und auf jeden Punkt gab er dieselbe Antwort, indem er zugleich den Missionar scharf beobachtete, damit dieser nicht wieder geschickt die Keule unterlaufen könne.

Da erst erkannte John Starhurst, daß seine Todesstunde gekommen war.

Barhaupt stand er in der Sonne und betete laut – das geheimnisvolle Bild des unvermeidlichen weißen Mannes, der mit Bibel, Kugel oder Rumflasche dem erstaunten Wilden auf dessen eignem Gebiet gegenübersteht.

So stand John Starhurst in der Bergfeste des Buli von Gatoka.

»Vergib ihnen, denn sie wissen nicht, was sie tun«, betete er. »O Herr, sei Fidschi gnädig. Habe Mitleid mit Fidschi. O Jehova, höre uns, um seinet-, deines Sohnes willen, den du uns schenktest, daß durch ihn alle Menschen deine Kinder werden sollten. Von dir kommen wir, und zu dir wollen wir zurückkehren. Die Erde ist dunkel, o Herr, die Erde ist dunkel. Aber du hast die Macht, zu retten. Strecke deine Hand aus, o Herr, und errette Fidschi, das arme menschenfressende Fidschi.«

Der Buli wurde ungeduldig.

»Jetzt will ich dir antworten«, murrte er und schwang die Keule mit beiden Händen.

Narau, der sich zwischen den Weibern und Matten versteckt hatte, hörte den Schlag der Keule, und ihn schauderte. Dann wurde der Todesgesang angestimmt, und als er die folgenden Worte hörte, wußte er, daß der Leichnam seines geliebten Missionars zum Ofen geschleppt wurde:

»Tragt mich sanft. Tragt mich sanft.

Denn ich bin der Kämpe meines Landes.

Sagt Dank! Sagt Dank! Sagt Dank!«

Dann hob sich eine einzelne Stimme aus dem Lärm und fragte:

»Wo ist der tapfere Mann?«

An hundert Stimmen brüllten die Antwort:

»Fort, um in den Ofen gesteckt und gebraten zu werden.«

»Wo ist der Feigling?« fragte die Stimme.

»Fort, um darüber zu berichten!« brüllten die hundert Stimmen. »Fort, um darüber zu berichten!«

Narau stöhnte in Seelenqual. Die Worte des alten Liedes sprachen die Wahrheit. Er war der Feigling, und ihm blieb nichts übrig, als hinzugehen und zu berichten.

Mauki

Er wog hundertundzehn Pfund. Sein Haar war kraus und negerartig, und er war schwarz. Eigenartig schwarz. Weder blauschwarz noch purpurschwarz, sondern pflaumenschwarz. Er hieß Mauki und war der Sohn eines Häuptlings. Er hatte drei Tambos. Tambo ist das melanesische Wort für Tabu und diesem polynesischen Worte am nächsten verwandt. Maukis drei Tambos waren folgende: Erstens durfte er nie einer Frau die Hand drücken, noch durfte die Hand einer Frau ihn oder etwas, was ihm gehörte, berühren; zweitens durfte er nie Muscheln oder eine Nahrung essen, die auf einem Feuer zubereitet war, über dem man Muscheln gekocht hatte; drittens durfte er nie ein Krokodil berühren oder in einem Kanu fahren, an dem sich irgendein Teil eines Krokodils befand, und wenn er auch nur so groß wie ein Zahn gewesen wäre.

Von einem andern Schwarz waren seine Zähne, nämlich tief schwarz oder eher rußschwarz. So hatte seine Mutter sie in einer einzigen Nacht gemacht, indem sie einen Umschlag von einem zerstoßenen Mineral darauf gelegt hatte, das in einer Grube hinter Port Adams gefunden wurde. Port Adams ist ein Fischerdorf auf Malaita, und Malaita ist die wildeste der Salomoninseln, so wild, daß weder Händler noch Pflanzer je festen Fuß auf ihr gefaßt haben, während seit der Zeit der ersten Trepangfischer und Sandelholzhändler bis zu den letzten, mit Maschinengewehren und Gasolinmotoren ausgerüsteten Arbeiterwerbern Scharen weißer Abenteurer mit Tomahawk und abgeplatteten Sniderkugeln ausgerottet worden sind. Auch heute noch, im zwanzigsten Jahrhundert, ist Malaita das Jagdgebiet der Arbeiterwerber, die seine Küsten absuchen, um Leute zur Arbeit auf den Plantagen der benachbarten zivilisierten Inseln gegen einen Arbeitslohn von dreißig Dollar jährlich zu dingen. Die Eingeborenen dieser zivilisierten Nachbarinsel sind selbst schon zu zivilisiert, um auf den Plantagen zu arbeiten.

Maukis Ohren waren durchbohrt, nicht an einer oder zwei, sondern an mindestens einem Dutzend Stellen. In einem der kleineren Löcher trug er eine Tonpfeife. Die größeren Löcher waren dafür zu groß, der Pfeifenkopf wäre hindurchgefallen. In den größten Löchern beider Ohren trug er runde Holzpflöcke von vier Zoll im Durchmesser. Der Umkreis besagter Löcher betrug rund zwölf und einen halben Zoll. Maukis Geschmack war außerordentlich umfassend. In den verschiedenen kleineren Löchern trug er Dinge, wie leere Patronenhülsen, Hufnägel, Kupferschrauben, Bandenden, geflochtenes Tauwerk, grüne Blattstücke und, wenn es kühl war, rote Malvenblüten. Woraus zu ersehen ist, daß Taschen zu seinem Wohlbefinden nicht nötig waren. Im übrigen waren sie unmöglich, denn sein einziges Kleidungsstück bestand aus einem einige Zoll breiten Stück Kaliko. Ein Taschenmesser trug er im Haar, die Klinge über einer krausen Locke zusammengeklappt. Sein wertvollster Besitz war der Henkel einer Porzellantasse, den er an einem Schildpattring aufhing, der seinerseits wieder durch den Nasenknorpel gezogen war. Aber trotz dieser Verschönerungen hatte Mauki ein nettes Gesicht. Es war wirklich, von jedem Standpunkt aus, ein hübsches Gesicht und für einen Melanesier sogar ein bemerkenswert gut aussehendes Gesicht. Der einzige Fehler dieses Gesichtes war sein Mangel an Strenge. Es war weiblich sanft, beinahe mädchenhaft. Die Züge waren klein, regelmäßig und fein. Kinn und Mund waren weich. Es lag weder Strenge noch Charakter in Kiefern, Stirn und Nase. Nur in den Augen konnte man eine Spur der unbekannten Eigenschaften entdecken, die einen großen Teil seiner Persönlichkeit ausmachten, die aber andre Menschen nicht verstehen konnten.

Maukis Vater war Häuptling über ein Dorf auf Port Adams, und so war Mauki ein Salzwassermensch von Geburt, ein halbes Amphibium. Er kannte das Leben der Fische und Austern, und das Riff war ein offenes Buch für ihn. Auch mit Kanus wußte er Bescheid. Er lernte schwimmen, als er ein Jahr alt war. Mit sieben Jahren konnte er eine volle Minute lang den Atem anhalten und durch dreißig Fuß Wasser bis auf den Grund tauchen. Und mit sieben Jahren wurde er von den Buschleuten gestohlen, die nicht schwimmen können und Furcht vor dem Salzwasser haben. Seitdem sah Mauki das Meer nur aus der Ferne durch Lichtungen im Buschdickicht und von freien Stellen in den hohen Bergen. Er wurde der Sklave des alten Fanfoa, des obersten Häuptlings einer Reihe verstreuter Buschdörfer am Rande der Bergkette von Malaita, deren Rauch an ruhigen Morgen für weiße Seefahrer ungefähr das einzige Zeichen von der zahlreichen Bevölkerung im Innern des Landes ist. Denn die Weißen dringen nicht in Malaita ein. Sie haben es einst versucht, als sie nach Gold forschten, immer aber wurden ihre Köpfe aufgespießt, um von den rauchigen Dachsparren der Buschleute herabzugrinsen.

Als Mauki ein junger Mann von siebzehn Jahren war, ging Fanfoa der Tabak aus. Es war kein Tabak mehr aufzutreiben. Es waren harte Zeiten für alle seine Dörfer. Er war das Opfer eines Irrtums geworden. Suo war ein Hafen, so klein, daß ein Schoner nicht in ihm ankern konnte. Er war von Mangrovebäumen umgeben, die ihre Zweige über das tiefe Wasser hängen ließen. Es war eine Falle, und in diese Falle fuhren zwei weiße Männer in einer kleinen Jacht. Sie suchten Arbeiter, und sie halten viel Tabak und Tauschwaren, gar nicht zu reden von drei Flinten und einer Menge Munition. Nun wohnten bei Suo keine Salzwasserleute, und so konnten die Buschleute bis ans Wasser herunterkommen. Die Jacht machte glänzende Geschäfte. Sie warb am ersten Tage zwanzig Arbeiter. Selbst der alte Fanfoa ließ sich einschreiben. Und am selben Tage schnitt der neue Arbeitertrupp den beiden weißen Männern die Köpfe ab, tötete die Bootsmannschaft und verbrannte die Jacht. Nun gab es die nächsten drei Monate in allen Buschdörfern Tabak und Waren in Hülle und Fülle. Dann kam ein Kriegsschiff, das Granaten meilenweit ins Land schleuderte und die erschrockene Bevölkerung aus den Dörfern tief in den Busch hineintrieb. Darauf schickte das Kriegsschiff Landungsabteilungen. Alle Dörfer wurden verbrannt mit Tabak und Tauschwaren. Kokos- und Bananenbäume wurden gefällt, Tarogärten zerstört und Schweine und Hühner geschlachtet.

Fanfoa erhielt eine Lehre, aber inzwischen war ihm der Tabak ausgegangen. Und seine jungen Leute hatten zu große Furcht bekommen, sich auf Werbeschiffen einschreiben zu lassen. Deshalb befahl Fanfoa, seinen Sklaven Mauki hinunterzuschicken und einschreiben zu lassen. Er wollte eine halbe Kiste Tabak, außerdem Messer, Beile, Kaliko und Glasperlen haben, die Mauki mit seiner Arbeit auf den Plantagen bezahlen sollte. Mauki war sehr erschrocken, als man ihn an Bord des Schoners brachte. Er kam sich vor wie ein Lamm, das zur Schlachtbank geführt wird. Weiße Männer waren wilde Geschöpfe. Sie mußten es sein, sonst konnten sie sich nicht die Küste von Malaita entlang wagen und in alle Häfen dringen, nur zwei Mann stark, mit zwanzig Schwarzen als Besatzung und siebzig schwarzen geworbenen Arbeitern an Bord. Zudem bestand immer die Gefahr, daß die Küstenbevölkerung den Schoner überfiel und die ganze Besatzung niedermachte. Wirklich, weiße Männer mußten furchtbar sein. Außerdem besaßen sie solche Teufelflinten, die sehr schnell und oft hintereinander schossen, Dinge aus Eisen und Messing, die die Schoner antrieben, auch wenn kein Wind war, und Kästen, die gerade so lachten und sprachen wie ein Mensch. Ja, er hatte von einem weißen Manne gehört, dessen besonderer Teufel so mächtig war, daß er nach Belieben die Zähne aus dem Munde nehmen und wieder einsetzen konnte. Mauki wurde in die Kajüte gebracht. Auf Deck hielt der eine Weiße mit zwei Revolvern im Gürtel Wache. Unten saß der andre weiße Mann mit einem Buch vor sich, in das er seltsame Zeichen und Linien schrieb. Er betrachtete Mauki, als sei dieser ein Schwein oder ein Vogel, guckte ihm unter die Achselhöhlen und schrieb in sein Buch. Dann hielt er ihm den Schreibstift hin, und kaum hatte Mauki ihn mit der Hand berührt, als er sich auch schon zu dreijähriger Arbeit auf den Plantagen der Mondschein-Seifen-Gesellschaft verpflichtet hatte. Es wurde ihm nicht erklärt, daß die wilden weißen Männer nötigenfalls seine Verpflichtung erzwingen konnten, und daß zu diesem Zwecke die ganze Macht und alle Kriegsschiffe Großbritanniens hinter ihnen standen.

Es waren noch andre Schwarze aus fernen Gegenden, von denen er nie gehört hatte, an Bord, und als der weiße Mann mit ihnen gesprochen hatte, rissen sie die lange Feder aus

Maukis Haar, Schoren besagtes Haar kurz und banden ihm ein Lava-Lava aus dickem gelben Kaliko um den Leib.

Als er viele Tage auf dem Schoner zugebracht und mehr Länder und Inseln gesehen hatte, als er sich je hätte träumen lassen, wurde er auf Neugeorgien an Land gesetzt und damit beschäftigt, Buschwerk zu roden und Rohr zu schneiden. Zum ersten Male erfuhr er, was arbeiten heißt. Selbst als Sklave bei Fanfoa hatte er nicht so gearbeitet. Und er machte sich gar nichts aus der Arbeit. Es hieß in der Dämmerung aufstehen und im Dunkeln zu Bett gehen, mit zwei Mahlzeiten täglich. Und das Essen war schlecht. Wochenlang gab es nichts als süße Kartoffeln, und dann wieder wochenlang nichts als Reis. Tag für Tag schnitt er Kokosnüsse aus den Schalen, und lange Tage und Wochen unterhielt er das Feuer zum Rösten der Kopra, bis seine Augen krank wurden und er zum Baumfällen versetzt wurde. Er arbeitete gut mit der Axt und kam später in die Brückenbauabteilung. Einmal wurde er durch Versetzung in die Wegebauabteilung bestraft. Zuweilen tat er Dienst in der Besatzung eines Walfängers, wenn Kopra von fernen Gestaden eingebracht wurde, oder wenn die weißen Männer ausfuhren, um mit Dynamit zu fischen. Unter anderm lernte er Trepang-Englisch, so daß er sich mit den meisten Weißen und mit allen Arbeitern unterhalten konnte, die sonst in tausend verschiedenen Mundarten gesprochen hätten. Auch lernte er manches über die weißen Männer, vor allem, daß sie Wort hielten. Wenn sie einem Kerl sagten, er solle ein Stück Tabak haben, so bekam er es auch. Sagten sie, daß sie ihn, wenn er etwas Bestimmtes täte, prügeln würden, daß er die Glocken läuten hörte, so hörte er unweigerlich die Glocken läuten, wenn er es tat. Mauki wußte nicht, was Glocken waren, aber sie kamen im Trepang-Englisch vor, und so bildete er sich ein, daß es das Blut und die Zähne waren, die den Prozeß des Läutens begleiteten. Und noch etwas lernte er: Niemand wurde bestraft oder geschlagen, wenn er nicht etwas Unrechtes getan hatte. Selbst wenn die weißen Männer betrunken waren, was häufig vorkam, so schlugen sie nur, wenn ein Gebot übertreten war.

Mauki liebte die Plantage nicht. Er haßte die Arbeit, und er war der Sohn eines Häuptlings. Dazu waren es zehn Jahre her, seit er durch Fanfoa aus Port Adams gestohlen war, und er hatte Heimweh. Er hatte sogar Heimweh nach der Sklaverei unter Fanfoa. So lief er fort. Er schlug sich in die Büsche, in der Absicht, sich südwärts bis zur Küste durchzuarbeiten und dort ein Kanu zu stehlen, um darin nach Port Adams zu fahren. Aber er bekam Fieber, wurde ergriffen und mehr tot als lebendig zurückgebracht.

Ein zweites Mal lief er in Begleitung zweier Malaita-Leute weg. Sie kamen zwanzig Meilen die Küste hinab und versteckten sich in der Hütte eines freien Malaiten, der in dem Dorfe wohnte. Aber mitten in der Nacht kamen zwei weiße Männer, die keine Angst vor den Bewohnern des Dorfes hatten, läuteten den drei Flüchtlingen die Glocken, banden sie wie Schweine und stießen sie ins Walboot. Der Mann jedoch, in dessen Haus sie sich versteckt hatten, mußte, Haaren, Haut und Zähnen nach zu urteilen, die Glocken überlaut zu hören bekommen haben, und er war für den Rest seines Lebens davon kuriert, entlaufene Arbeiter zu beherbergen. Ein Jahr arbeitete Mauki tüchtig. Dann wurde er zum Hausdiener gemacht, hatte gutes Essen, angenehme Zeiten und leichte Arbeit, hielt das Haus rein und bediente die weißen Männer zu allen Tages- und den meisten Nachtstunden mit Whisky und Bier. Das gefiel ihm, aber Port Adams hatte er doch immer noch lieber. Er hatte noch zwei Jahre zu dienen, aber die zwei Jahre waren zuviel für sein Heimweh. Er war in dem einen Jahre klüger geworden, und als Diener boten sich ihm mehr Gelegenheiten. Er hatte die Flinten zu reinigen und wußte, wo der Schlüssel zur Vorratskammer hing. Er entwarf einen Fluchtplan, und eines Nachts machten sich zehn Malaita-Leute und einer von San Cristoval aus dem Staube und zogen eines der Walboote an den Strand. Mauki war es, der den Schlüssel zum Vorlegeschloß des Bootes besorgte, und Mauki war es, der das Boot mit einem Dutzend Winchesterflinten, einer ungeheuren Menge Munition, einer Kiste Dynamit mit Zündschnur und Zünder und zehn Kisten Tabak versorgte.

Der Nordwestmonsun wehte, und sie flohen zur Nachtzeit nach Süden, während sie sich bei Tage auf einsamen, unbewohnten Inseln versteckten oder ihr Boot in das Dickicht der großen Inseln zogen. So erreichten sie Guadalcanar, fuhren die halbe Küste entlang und kreuzten durch die Indispensable Straits nach der Floridainsel. Hier töteten sie den Mann aus San Cristoval, hoben den Kopf auf und kochten und fraßen das übrige. Die Küste von Malaita war nur zwanzig Meilen entfernt, aber in der letzten Nacht hinderten eine starke Strömung und widrige Winde sie daran, hinüberzugelangen. Der kommende Tag fand sie noch einige Meilen von ihrem Ziele. Der Tag brachte aber auch einen Kutter mit zwei weißen Männern, die keine Angst vor elf mit zwölf Gewehren bewaffneten Malaita-Leuten hatten. Mauki und seine Kameraden wurden nach Tulagi zurückgebracht, wo der große weiße Herr über alle weißen Männer wohnte, und der große weiße Herr hielt Gericht, worauf die Ausreißer einer nach dem andern angebunden wurden und zwanzig Peitschenhiebe erhielten; außerdem wurden sie zu einer Geldstrafe von fünfzehn Dollar verurteilt. Dann wurden sie nach Neugeorgien zurückgeschickt, wo die weißen Männer sie alle die Glocken läuten hören und dann wieder arbeiten ließen. Mauki wurde in die Wegebauabteilung versetzt. Die Geldstrafe von fünfzehn Dollar war von den weißen Männern bezahlt worden, denen er entlaufen war, und man sagte ihm, daß er sie abarbeiten müsse, was sechs Monate Zwangsarbeit bedeutete. Außerdem brachte ihm sein Anteil an dem gestohlenen Tabak ein weiteres Jahr Arbeit ein.

Port Adams war nun dreieinhalb Jahr entfernt, und so stahl er eines Nachts ein Kanu, verbarg sich auf den Inseln der Manning Straits, durchquerte die Straße und begann, die Ostküste von Ysabel entlang zu fahren, um nach zwei Dritteln des Weges bei der Meringe-Lagune von den weißen Männern gefaßt zu werden. Nach einer Woche entwischte er ihnen und floh in den Busch. Auf Ysabel waren keine Buschmänner, nur Salzwasserleute, die Christen waren. Die weißen Männer setzten eine Belohnung von fünfhundert Stück Tabak aus, und jedesmal, wenn Mauki sich ans Meer schlich, um ein Kanu zu stehlen, wurde er von den Salzwasserleuten verscheucht. So verstrichen vier Monate. Als dann die Belohnung auf tausend Stück erhöht wurde, faßten sie ihn und brachten ihn zum Wegebau nach Neugeorgien zurück. Nun sind tausend Stück Tabak fünfzig Dollar wert, und Mauki mußte die Belohnung selbst bezahlen, was ein Jahr und acht Monate Arbeit bedeutete. Port Adams war jetzt also fünf Jahre entfernt.

Sein Heimweh war größer als je, und es fiel ihm nicht ein, sich zu beruhigen, gutzutun, seine fünf Jahre abzuarbeiten und dann heimzukehren. Das nächstemal wurde er auf frischer Tat ertappt. Sein Fall wurde Mr. Haveby, dem Inselverwalter der Mondschein-Seifen-Gesellschaft, vorgelegt, der ihn für unverbesserlich erklärte. Die Gesellschaft besaß Plantagen auf den Vera-Cruz-Inseln, Hunderte von Meilen jenseits des Meeres, und dahin schickte sie ihre Unverbesserlichen von den Salomoninseln. Und dahin wurde Mauki geschickt, aber er kam niemals an. Der Schoner hielt bei Santa Anna, und in der Nacht schwamm Mauki an Land, stahl dem Händler dort zwei Flinten und eine Kiste Tabak und fuhr in einem Kanu nach San Cristoval. Malaita lag jetzt im Norden, fünfzig bis sechzig Meilen entfernt. Aber bei dem Versuch der Überfahrt wurde er von einem frischen Wind gefaßt und nach Santa Anna zurückgetrieben, wo ihn der Händler bis zur Rückkehr des Schoners von Santa Cruz in Eisen legte. Die zwei Flinten fand der Händler wieder, die Kiste Tabak wurde Mauki als weiteres Jahr auf die Rechnung gesetzt. Er schuldete der Gesellschaft jetzt im ganzen sechs Jahre.

Auf dem Rückwege nach Neugeorgien ging der Schoner in Marausund, an der äußersten Südostecke von Guadalcanar vor Anker. Mauki schwamm, mit Handschellen an den Gelenken, an Land und flüchtete in den Busch. Der Schoner fuhr ab, aber der Vertreter der Mondschein-Gesellschaft setzte eine Belohnung von tausend Stück aus, und so brachten die Buschmänner ihm Mauki mit einem weiteren Jahr und acht Monaten auf der Rechnung. Wieder floh er, diesmal, ehe der Schoner einlief, in einem Walboot in Begleitung einer Kiste Tabak des Händlers. Aber eine Nordwestströmung warf ihn bei Ugi an Land, wo die christlichen Eingeborenen seinen Tabak stahlen und Mauki zu dem dort residierenden Mondschein-Händler brachten. Der von den Eingeborenen gestohlene Tabak bedeutete ein weiteres Jahr für ihn, so daß die Rechnung sich jetzt auf acht und ein halbes Jahr belief. »Wir schicken ihn nach Lord Howe«, sagte Mr. Haveby. »Da ist Bunster, und die können sehen, wie sie miteinander fertig werden. Entweder, denke ich, wird Mauki mit Bunster fertig oder Bunster mit Mauki, und wir sind sie auf jeden Fall los.«

Wenn man die Meringe-Lagune bei Ysabel verläßt und den Kurs genau nach der Magnetnadel nordwärts nimmt, sichtet man nach hundertundfünfzig Meilen den sandigen Korallenstrand von Lord Howe. Lord Howe ist ein Landring von etwa hundertundfünfzig Meilen im Umkreis, an der breitesten Stelle einige hundert Ellen breit und erhebt sich stellenweise bis zu zehn Fuß über den Meeresspiegel. Innerhalb dieses Sandringes befindet sich eine mächtige, mit Koralleninselchen übersäte Lagune. Lord Howe gehört weder geographisch noch ethnologisch zu den Salomoninseln. Es ist ein Atoll, während die Salomoninseln hoch sind, und Bevölkerung und Sprache sind polynesisch, während die Bewohner der Salomoninseln Melanesier sind. Lord Howe wurde durch die polynesische Wanderung nach Westen bevölkert, die noch heute in den großen Auslegerkanus andauert, die der Südostpassat hier auf den Strand wirft. Daß auch eine geringe melanesische Einwanderung in der Periode des Nordwestmonsuns stattgefunden hat, ist einleuchtend.

Kein Mensch kommt je nach Lord Howe oder Ontong-Java, wie es auch, genannt wird. Thos. Cook & Sons verkaufen keine Fahrkarten dorthin, und kein Reisender träumt von seiner Existenz. Noch nicht einmal ein weißer Missionar ist an seiner Küste gelandet. Seine fünftausend Einwohner sind ebenso friedlich wie primitiv. Aber sie waren nicht immer friedlich. Doch die Verfasser der Seehandbücher haben nie etwas von dem Wandel im Herzen der Eingeborenen gehört, die vor noch nicht vielen Jahren einer großen Bark den Weg abschnitten und die ganze Besatzung mit Ausnahme des zweiten Steuermanns niedermachten. Dieser Überlebende brachte die Nachricht seinen weißen Brüdern. Die Kapitäne dreier Handelsschoner kehrten mit ihm nach Lord Howe zurück. Sie ließen ihre Schiffe direkt in die Lagune einfahren und predigten das Evangelium des weißen Mannes, daß nur weiße Männer das Recht haben, weiße Männer zu töten, und daß die geringeren Rassen die Finger davon lassen müssen. Die Schoner fuhren plündernd und vernichtend durch die Lagune. Es gab kein Entrinnen von dem engen Sandkreis, keinen Busch zum Flüchten. Wer sich sehen ließ, wurde niedergeschossen, und es war unmöglich, dem Gesehenwerden zu entgehen. Die Dörfer wurden niedergebrannt, die Kanus zerstört, Hühner und Schweine getötet und die kostbaren Kokosbäume gefällt. Das dauerte einen Monat, dann fuhren die Schoner weg; aber die Furcht vor dem weißen Manne war in die Seelen der Insulaner eingebrannt, und nie wieder waren sie so unbesonnen, jemanden zu schädigen.

McBunster war der einzige Weiße auf Lord Howe, als Händler der Allerwelts-Mondschein-Seifen-Gesellschaft. Und die Gesellschaft hatte ihn auf Lord Howe gesetzt, weil sie sich seiner nicht entledigen wollte und dies doch jedenfalls der entlegenste Ort war, den man ausfindig machen konnte. Daß man sich seiner nicht entledigen wollte, lag in der Schwierigkeit, Ersatz für ihn zu finden. Er war ein großer, stämmiger Holländer, bei dem eine Schraube los war. Halbverrückt wäre eine zarte Umschreibung seines Zustandes gewesen. Er war ein Raufbold und ein Feigling und dreimal so wild wie irgendein Wilder auf der Insel. Da er ein Feigling war, hatte seine Roheit die Art des Feiglings. Als er in den Dienst der Gesellschaft getreten war, hatte man ihn zuerst auf Savo stationiert. Als dann ein schwindsüchtiger Kolonist hingeschickt wurde, um seine Stelle einzunehmen, schlug er mit den Fäusten auf ihn los und schickte ihn als Wrack mit dem Schoner zurück, der ihn gebracht hatte. Darauf wählte Mr. Haveby einen jungen Riesen aus Yorkshire, um Bunster abzulösen. Der Mann aus Yorkshire hatte einen Ruf als Boxer und mochte lieber kämpfen als essen. Aber Bunster wollte nicht kämpfen. Er war ein richtiges Lämmlein – zehn Tage lang. Nach Ablauf dieser Zeit hatte der Yorkshiremann einen kombinierten

Anfall von Dysenterie und Fieber. Da ging Bunster zu ihm, schlug ihn unter anderm nieder und trampelte etwa ein dutzendmal auf ihm herum. Aus Furcht, was beim Erwachen seines Opfers geschehen würde, floh Bunster in einem Kanu nach Guvutu, wo er sich durch Verprügeln eines jungen Engländers auszeichnete, der infolge einer Burenkugel durch beide Hüften Krüppel war.

Da schickte Mr. Haveby Bunster nach Lord Howe, um ihn loszuwerden. Er feierte seine Landung, indem er eine halbe Kiste Schnaps aussoff und den ältlichen asthmatischen Steuermann des Schoners, der ihn gebracht hatte, niederschlug. Als der Schoner weg war, rief er die Kanaken an den Strand und forderte sie zum Ringkampf heraus, indem er demjenigen, der ihn besiegen würde, eine Kiste Tabak versprach. Drei Kanaken warf er, wurde dann aber prompt von einem vierten geworfen, der statt des Tabaks eine Kugel durch die Lunge bekam.

Und so begann Bunsters Herrschaft über Lord Howe. Dreitausend Einwohner hatte das Hauptdorf; aber wenn er es durchquerte, war es selbst am hellen Tage verödet. Männer, Weiber und Kinder flohen vor ihm. Selbst Hunde und Schweine gingen ihm aus dem Wege, und der König verschmähte es nicht, sich unter der Matte zu verkriechen. Die beiden Premierminister lebten in Angst und Schrecken vor Bunster, denn er ließ sich nie auf die Erörterung einer Streitfrage ein, sondern entschied sie mit den Fäusten.

Und nach Lord Howe kam Mauki, um für Bunster achteinhalb lange Jahre zu arbeiten. Es gab kein Entrinnen von Lord Howe. Im Guten oder Bösen waren Bunster und er aneinander gefesselt. Bunster wog zweihundert Pfund, Mauki hundertundzehn. Bunster war ein entarteter Unmensch; aber Mauki war ein primitiver Wilder. Und jeder von ihnen hatte seinen eignen Willen, seine eignen Wege.

Mauki hatte keine Ahnung, für was für eine Art Herrn er arbeiten sollte. Man hatte ihn nicht gewarnt, und er hatte es für selbstverständlich gehalten, daß Bunster wie andre weiße Männer war: ein großer Whiskytrinker, ein Herrscher und Gesetzgeber, der stets sein Wort hielt und nie jemanden unverdient schlug. Bunster war im Vorteil. Er wußte von Mauki alles und freute sich hämisch, ihn in seinen Besitz zu bekommen. Sein letzter Koch hatte einen gebrochenen Arm und eine verrenkte Schulter, und so machte Bunster Mauki zum Koch und allgemeinen Hausdiener.

Bald lernte Mauki, daß es verschiedene Arten weißer Männer gab. Noch am Tage der Abfahrt des Schoners sollte er bei Samisee, dem eingeborenen Tonga-Missionar, ein Huhn kaufen. Aber Samisee war über die Lagune gefahren und kehrte erst nach drei Tagen zurück. Mauki brachte die Meldung. Er kletterte die steile Treppe hinauf (das Haus stand auf zwölf Fuß hohen Pfählen über dem Sande) und ging ins Wohnzimmer, um Bericht zu erstatten. Der Händler verlangte das Huhn. Mauki öffnete den Mund, um die Abwesenheit des Missionars zu erklären. Aber Bunster fragte nicht nach Erklärungen. Er langte mit der Faust aus. Der Schlag traf Mauki auf den Mund und schleuderte ihn hoch. Er flog direkt durch die Eingangstür, über die schmale Veranda, zerbrach das Geländer und fiel auf die Erde. Seine Lippen waren eine unförmliche Masse und sein Mund mit Blut und ausgebrochenen Zähnen gefüllt.

»Ich will dich Widerrede lehren!«schrie der Händler, rot vor Wut, von dem zerbrochenen Geländer aus zu ihm herunter.

Mauki hatte noch nie einen solchen weißen Mann getroffen, und er beschloß, vorsichtig zu sein und keinen Anstoß zu erregen. Er sah, wie die Bootsleute geschlagen und wie einer von ihnen drei Tage ohne Nahrung in Eisen gelegt wurde wegen des Verbrechens, eine Ruderdolle zerbrochen zu haben. Dann hörte er auch den Dorfklatsch und erfuhr, warum Bunster eine dritte Frau genommen hatte – mit Gewalt, wie man wohl wußte. Die erste und zweite lagen auf dem Friedhof unter dem weißen Korallensand, mit Korallenblöcken zu Kopf und Füßen. Sie waren, wie man sagte, an den Schlägen gestorben, die er ihnen gegeben hatte. Die dritte Frau wurde bestimmt mißhandelt, das konnte Mauki selbst sehen.

Aber es war unmöglich, den weißen Mann nicht zu beleidigen, der schon durch das bloße Vorhandensein eines andern beleidigt zu sein schien. War Mauki still, so wurde er geschlagen und ein trotziges Biest genannt. Sprach er, so wurde er geschlagen, weil er widersprach. War er ernst, so beschuldigte Bunster ihn eines Komplotts und verprügelte ihn im voraus; bemühte er sich, heiter zu sein und zu lächeln, so wurde ihm vorgeworfen, daß er seinen Herrn und Meister verspotte, und er kriegte den Stock zu schmecken. Bunster war ein Teufel. Das Dorf hätte ihn längst abgetan, wenn es sich nicht der Lehre von den drei Schonern erinnert haben würde. Trotzdem hätte man ihn abgetan, wenn man in einen Busch hätte fliehen können. So wie die Dinge lagen, mußte die Ermordung des weißen Mannes oder überhaupt irgendeines weißen Mannes ein Kriegsschiff bringen, das die Angreifer tötete und die kostbarsten Kokosbäume fällte. Das ganze Sinnen und Trachten der Bootsleute ging darauf aus, ihn zufällig ertrinken zu lassen, wenn der Kutter einmal das Unglück hatte, zu kentern Aber Bunster achtete darauf, daß der Kutter nicht kenterte.

Mauki gehörte einer andern Rasse an, und da ein Entweichen unmöglich war, solange Bunster lebte, war er entschlossen, den weißen Mann umzubringen. Aber das Dumme war, daß er nie eine Gelegenheit dazu finden konnte. Bunster war immer auf seiner Hut. Tag und Nacht waren ihm seine Revolver geladen zur Hand. Er erlaubte keinem, ihm in den Rücken zu kommen, was Mauki entdeckte, nachdem er mehrmals zu Boden geschlagen war. Bunster wußte, daß er von diesem gutmütigen Malaita-Burschen mit der sanften Miene mehr zu fürchten hatte als von der ganzen Bevölkerung von Lord Howe, und das erhöhte den Genuß an dem Folterprogramm, das er ausführte. Und Mauki war vorsichtig, fand sich in seine Strafen und wartete. Alle andern weißen Männer hatten seine Tambos geachtet. Nicht so Bunster. Maukis wöchentliche Tabakration betrug zwei Stück. Bunster gab sie seiner Frau und befahl Mauki, sie aus ihrer Hand entgegenzunehmen. Aber das ging nicht, und so blieb Mauki ohne Tabak. Auf die gleiche Weise mußte er auf manche Mahlzeit verzichten und manchen Tag hungrig bleiben. Er erhielt den Auftrag, ein Ragout aus den großen Muscheln zu kochen, die in der Lagune wuchsen. Das konnte er nicht, denn Muscheln waren Tambo. Sechsmal hintereinander weigerte er sich, die Muscheln zu berühren, und sechsmal wurde er fast zuschanden geschlagen. Bunster wußte, daß der Bursche eher sterben würde, er nannte seine Weigerung Meuterei und würde ihn getötet haben, hätte er einen andern Koch gehabt. Eine der liebsten Belustigungen des Händlers bestand darin, Mauki bei den krausen Locken zu packen und mit dem Kopf gegen die Wand zu stoßen. Eine andre war, daß er Mauki unerwartet ergriff und ihm das brennende Ende einer Zigarre ins Fleisch drückte. Das nannte Bunster impfen, und Mauki wurde viele Male in einer Woche geimpft. Einmal riß Bunster in der Wut den Tassenhenkel aus Maukis Nase, wobei er den Nasenknorpel glatt zerriß.

»Oh, was für eine Visage!« lauteten seine Worte, als er den angerichteten Schaden betrachtete.

Die Haut eines Hais ist wie Sandpapier, die Haut eines Rochens aber wie eine Feile. In der Südsee benutzen die Eingeborenen sie als Raspel, um Kanus und Ruder zu glätten. Bunster hatte einen aus Rochenhaut verfertigten Handschuh. Als er ihn das erstemal an Mauki probierte, riß er ihm mit einem Griff die ganze Haut vom Nacken bis zur Achselhöhle ab. Bunster freute sich. Er ließ seine Frau den Handschuh schmecken und probierte ihn gründlich an den Bootsleuten. Die Premierminister bekamen jeder einen Streich, und sie mußten dazu grinsen und es als Scherz auffassen.

»Lacht, zum Donnerwetter, lacht!« war die Anweisung, die er ihnen gab.

Mauki bekam den größten Anteil am Handschuh. Nicht ein Tag verging ohne Liebkosung. Manchmal hielt ihn der Verlust von soviel Haut die ganze Nacht wach, und oft wurde die kaum geheilte Oberfläche von dem scherzhaften Herrn Bunster frisch geharkt. Mauki behielt seine geduldige Ruhe in der sicheren Erkenntnis, daß seine Zeit früher oder später kommen mußte. Und er wußte genau, bis in die geringste Einzelheit, was er tun würde, wenn seine Zeit gekommen war.

Eines Morgens erwachte Bunster in der Stimmung, der ganzen Welt die Glocken zu läuten. Er begann mit Mauki und hörte mit Mauki auf, und in der Zwischenzeit verprügelte er seine Frau und schlug auf die Bootsleute ein. Beim Frühstück nannte er den Kaffee Spülwasser und goß Mauki den brühheißen Inhalt der Tasse ins Gesicht. Um zehn Uhr hatte Bunster Schüttelfrost, und eine halbe Stunde später brannte er vor Fieber. Die Tage vergingen, er wurde immer schwächer und verließ das Bett nicht mehr. Mauki wartete und wachte, während seine Haut wieder heilte. Er befahl den Leuten, den Kutter auf den Strand zu ziehen, den Boden zu scheuern und ihn gründlich zu überholen. Sie dachten, der Befehl ginge von Bunster aus, und gehorchten. Aber Bunster lag die ganze Zeit besinnungslos da und gab keine Befehle. Jetzt war die Gelegenheit für Mauki gekommen, aber er wartete noch.

Als das Schlimmste überstanden war und Bunster sich in der Genesung befand und bei Bewußtsein, aber schwach wie ein kleines Kind dalag, packte Mauki seine paar Habseligkeiten einschließlich des Porzellanhenkels in seine Kiste. Dann ging er nach dem Dorf hinüber und sprach mit dem König und seinen beiden Premierministern.

»Dieser Bursche Bunster, er guter Bursche, ihr ihn sehr lieb?« fragte er.

Sie erklärten einstimmig, daß sie den Händler durchaus nicht liebten. Die Minister ergossen sich in einer Aufzählung aller Demütigungen und Schlechtigkeiten, mit denen sie überhäuft worden waren. Der König fiel ganz zusammen und weinte. Mauki unterbrach ihn unhöflich.

»Ihr mich kennen – ich großer Herr in meinem Land. Ihr nicht lieben diesen weißen Herrn. Ich ihn nicht lieben. Ihr viel bringen, hundert Kokosnuß, zweihundert Kokosnuß, dreihundert Kokosnuß zum Kutter. Dann ihr guten Leute schlafen gehen. Alle Kanaken gute Leute schlafen gehen. Wenn dann großer Lärm bei Haus, ihr nicht hören den Lärm. Ihr alle viel zu fest schlafen.«

In derselben Weise sprach Mauki mit den Bootsleuten. Dann befahl er der Frau Bunsters, zu ihrer Familie zurückzukehren. Hätte sie sich geweigert, so wäre er in Verlegenheit geraten, denn sein Tambo würde ihm nicht erlaubt haben, Hand an sie zu legen.

Als das Haus leer war, trat er in das Schlafzimmer, wo der Händler lag und schlief. Mauki entfernte zunächst den Revolver und zog sich dann den Handschuh aus Rochenhaut an. Die erste Warnung, die Bunster erhielt, war ein Streich mit dem Handschuh, der ihm die Haut der Länge nach von der Nase riß.

»Guter Kerl, was?« grinste Mauki zwischen zwei Streichen, von denen einer die Stirn bloßlegte, während der andre die eine Gesichtshälfte säuberte. »Lach', zum Donnerwetter, lach'!«

Mauki tat seine Arbeit gründlich, und die in ihren Häusern versteckten Kanaken hörten den »großen Lärm«, den Bunster mindestens eine Stunde lang machte.

Als Mauki fertig war, schleppte er den Bootskompaß und alle Flinten und Munition zum Kutter hinunter, den er dann mit Tabakkisten als Ballast lud. Während er noch damit beschäftigt war, kam ein fürchterliches hautloses Wesen aus dem Hause und lief schreiend an den Strand, bis es in den Sand fiel, in der brennenden Sonne liegenblieb, Grimassen schnitt und unartikulierte Laute ausstieß. Mauki blickte hin und zögerte. Dann schnitt er ihm den Kopf ab, wickelte ihn in eine Matte und verstaute ihn im Stern des Kutters.

So fest schliefen die Kanaken an diesem ganzen, langen, heißen Tage, daß sie nicht sahen, wie der Kutter durch die Ausfahrt lief und dann, dicht am Südostpassat, nach Süden drehte. Auch auf der langen Strecke bis zur Küste von Ysabel und während des beschwerlichen Kreuzens von dort nach Malaita wurde er nicht gesichtet. Mauki landete auf Port Adams mit einem Vorrat an Flinten und Tabak, wie ihn noch nie jemand besessen hatte. Aber er hielt sich dort nicht auf. Er hatte den Kopf eines weißen Mannes genommen, und nur der Busch konnte ihn schützen. So kehrte er zu den Buschdörfern zurück, wo er den alten Fanfoa und ein halbes Dutzend seiner vornehmsten Leute niederschoß und sich zum Häuptling über alle Dörfer machte. Als sein Vater starb, wurde sein Bruder Herrscher in Port Adams, und nun vereinten Salzwasserleute und Buschmänner sich und wurden so der stärkste der zweihundert streitbaren Stämme von Malaita.

Größer als Maukis Furcht vor der englischen Regierung war seine Furcht vor der allmächtigen Mondschein-Seifen-Gesellschaft, und eines Tages gelangte eine Botschaft an ihn in den Busch, die ihn daran mahnte, daß er der Gesellschaft acht und ein halbes Jahr Arbeit schuldete. Er schickte eine günstige Antwort, und darauf erschien der unvermeidliche weiße Mann, der Kapitän des Schoners, der einzige Weiße, der während Maukis Regierung in den Busch und lebendig wieder herauskam. Dieser Mann kehrte nicht nur zurück, sondern er brachte auch noch siebenhundertundfünfzig Goldsovereigns mit – den Geldwert der achteinhalb Jahre Arbeit zuzüglich der Kosten für gewisse Flinten und Tabakkisten.

Mauki wiegt nicht mehr hundertundzehn Pfund. Sein Bauch hat den dreifachen Umfang als früher, und er hat vier Frauen. Er hat viele andre Dinge – Flinten und Revolver, den Henkel einer Porzellantasse und eine vorzügliche Sammlung von Buschmannköpfen. Wertvoller als diese ganze Sammlung aber ist ein andrer Kopf, gut getrocknet und erhalten, mit rötlichem Haar und gelblichem Bart, der in die feinsten Fiber-Lava-Lavas eingewickelt ist. Wenn Mauki in den Krieg gegen Dörfer außerhalb seines Reiches zieht, so holt er unweigerlich den Kopf hervor und betrachtet ihn, allein in seinem Palast sitzend, lange und feierlich. Zu solchen Zeiten liegt Totenstille über dem Dorfe, und nicht einmal ein kleines Kind wagt zu lärmen. Der Kopf gilt als der wichtigste Fetisch in Malaita, und seinem Besitz wird Maukis ganze Macht zugeschrieben.

Der blasse Schrecken

Er war Schotte von Geburt und ein Trinker, der mit seinem Whisky immer gründlich fertig wurde, indem er mit dem ersten Gläschen um sechs Uhr morgens begann und dann in regelmäßigen Zwischenräumen eines nach dem andern nahm bis zur Schlafenszeit, in der Regel also um Mitternacht. Er schlief nur fünf von vierundzwanzig Stunden, und in den übrigen neunzehn war er ordentlich und anständig betrunken. Während der acht Wochen, die ich mit ihm auf Oolong Atoll verbrachte, sah ich ihn nicht einen nüchternen Atemzug tun. Sein Schlaf war wahrhaftig so kurz, daß er nie Zeit hatte, wieder nüchtern zu werden. Es war der schönste, wirklich verewigte Rausch, den ich je gesehen habe.

McAllister hieß er. Er war ein alter Mann und recht wackelig auf seinen Stelzen. Seine Hand zitterte wie vom Schlagfluß, besonders merklich, wenn er sich seinen Whisky eingoß; aber ich beobachtete nie, daß er einen Tropfen verschüttete. Er wohnte seit achtundzwanzig Jahren in Melanesien, war von Deutsch-Neuguinea bis zu den deutschen Salomoninseln gewandert und hatte sich so vollkommen in diesen Teil der Welt eingelebt, daß er gewöhnlich das »Trepang« genannte Kauderwelsch sprach. So bedeutete in der Unterhaltung mit mir »Sonne sie kommen auf«: Sonnenaufgang, »kai-kai zu Ende«, daß das Mittagessen fertig sei, und »Bauch mir umhergehen« hieß, daß er Leibschmerzen hatte. Er war ein kleiner, welker Mann, innen und außen verbrannt von glühendem Alkohol und glühender Sonne. Er war eine Schlacke, ein Stückchen Mensch aus Backstein, ja ein Stück lebendiger Backstein, noch nicht ganz ausgebrannt, der sich steif, ruck- und stoßweise wie ein Automat bewegte. Er wog neunzig Pfund.

Aber das Ungeheure an ihm war die Macht, mit der er herrschte. Oolong Atoll maß hundertundvierzig Meilen im Umkreis. Man mußte den Kompaß gebrauchen, um über seine Lagune zu steuern. Es war von fünftausend Polynesiern bevölkert, lauter stämmigen Männern und Weibern, von denen viele sechs Fuß hoch waren und mehrere hundert

Pfund wogen. Oolong war zweihundertundfünfzig Meilen vom nächsten Lande entfernt. Zweimal im Jahre kam ein kleiner Schoner, um Kopra zu sammeln. Der einzige weiße Mann auf Oolong war McAllister, Kleinhändler und unablässiger Säufer, und er herrschte über Oolong und seine fünftausend Wilden mit eiserner Hand. Er sagte: »kommt«, und sie kamen, »geht«, und sie gingen. Sie stellten nie seinen Willen oder sein Urteil in Frage. Er war so streitsüchtig, wie nur ein bejahrter Schotte es sein kann, und mischte sich fortwährend in ihre persönlichen Angelegenheiten. Als Nugu, die Tochter des Königs, Haunau vom andern Ende des Atolls heiraten wollte, sagte ihr Vater »ja«, aber McAllister sagte »nein«, und die Heirat kam nicht zustande. Als der König dem Oberpriester ein gewisses Inselchen in der Lagune abkaufen wollte, widersprach McAllister. Der König war mit einem Betrage von hundertundachtzigtausend Kokosnüssen in der Schuld der Gesellschaft, und bis die bezahlt war, durfte er nicht eine Kokosnuß für etwas andres ausgeben.

Und doch liebten der König und sein Volk McAllister nicht. Sie haßten ihn sogar, und wie ich erfuhr, versuchte die ganze Bevölkerung, mit den Priestern an der Spitze, drei Monate lang vergeblich, ihn totzubeten. Die Teufel, die sie auf ihn losließen, waren zwar greulich, aber da McAllister nicht an Teufel glaubte, hatten sie keine Macht über ihn. Gegen betrunkene Schotten ist kein Kraut gewachsen. Sie sammelten Reste der Nahrung auf, die seine Lippen berührt hatten, eine leere Whiskyflasche, eine Kokosnuß, aus der er getrunken, ja sogar seinen Speichel, und vollführten jede Art Fetischismus damit. Doch McAllister lebte weiter. Seine Gesundheit war ausgezeichnet. Er bekam niemals Fieber noch Schnupfen oder Husten; die Ruhr ging an ihm vorüber, und die bösartigen Geschwüre und häßlichen Hautkrankheiten, die in diesem Klima Schwarze wie Weiße gleicherweise befallen, suchten ihn nie heim. Er war offenbar so von Alkohol durchtränkt, daß er der Niederlassung von Bakterien Trotz bot. Ich pflegte mir einzubilden, daß sie in Schauern von mikroskopischen Schlacken zu Boden fielen, sobald sie in den Bereich seines whiskygesättigten Hauches kamen. Niemand liebte ihn, nicht einmal die Bakterien, während er nur Whisky liebte.

Es war erstaunlich. Ich konnte nicht begreifen, daß fünftausend Eingeborene sich nicht gegen diesen ausgedörrten tyrannischen Knirps auflehnten, daß er nicht längst eines gewaltsamen Todes gestorben war. Denn die Bevölkerung glich nicht den feigen Melanesiern, sie war mutig und kriegerisch. Auf dem großen Friedhofe befanden sich zu Kopf und Füßen der Gräber Reliquien aus einer blutigen Vergangenheit: Walfängerharpunen, rostige alte Bajonette und Säbel, kupferne Pfeile, Ruderbeschläge, Kanonenkugeln, Ziegel, die nur aus dem Tranofen eines Walfängers stammen konnten, und alte Bronzekanonen aus dem sechzehnten Jahrhundert, Zeugen der alten Spanierzeit. Schiff auf Schiff war bei Oolong gestrandet. Vor noch nicht dreißig Jahren war die ganze Besatzung des Walfängers ›Blennerdale‹, der zur Reparatur in die Lagune eingelaufen war, niedergemacht worden. Auf die gleiche Weise war die Mannschaft der ›Gasket‹, eines Sandelholzfahrers, umgekommen. Eine große französische Bark, die ›Tulon‹, enterten die Insulaner nach schwerem Kampfe in der Lipaupassage und machten sie zum Wrack; der Kapitän entkam mit einer Handvoll Matrosen im Beiboot. Und dann die spanischen Geschütze, die vom Verlust eines der ersten Forschungsschiffe erzählten. Alles dies ist ein Stück Geschichte, die man im Südseehandbuch nachlesen kann. Daß es aber noch eine andre, ungeschriebene Geschichte gibt, sollte ich erst lernen. Vorläufig wunderte ich mich, daß fünftausend primitive Wilde einen degenerierten schottischen Despoten am Leben ließen.

An einem heißen Nachmittag saßen McAllister und ich auf der Veranda und blickten über die Lagune mit all ihren Wundern juwelenschillernder Farben. Hinter uns, jenseits des hundert Ellen breiten, mit Kokospalmen bewachsenen Strandes brüllte die Brandung gegen das Riff. Es war entsetzlich heiß. Wir befanden uns auf dem vierten Grad südlicher Breite, und die Sonne stand direkt zu unsern Häuptern, nachdem sie wenige Tage zuvor auf ihrer Reise gen Süden den Äquator passiert hatte. Kein Wind war zu spüren, nicht einmal ein

Hauch, so sanft wie eine Katzenpfote. Die Zeit des Südostpassats war früh zu Ende gegangen, und der Nordwestmonsun hatte noch nicht zu wehen begonnen.

»Ihre Tänze sind nicht einen Pfifferling wert«, sagte McAllister.

Ich hatte zufällig erwähnt, daß die polynesischen Tänze denen der Papuaner überlegen wären, und McAllister hatte das geleugnet, lediglich aus Streitsucht. Aber es war zu heiß, um zu disputieren, und so erwiderte ich nichts. Im übrigen hatte ich die Einwohner von Oolong noch nie tanzen sehen.

»Ich will es Ihnen beweisen«, sagte er und winkte den schwarzen Burschen aus Neuhannover heran, einen geworbenen Arbeiter, der als Hausknecht und Koch diente. »He du, du Bursche, König sagen, er zu mir kommen.«

Der Bursche ging, und es erschien der Premierminister, ganz verstört, voller Unbehagen und geschwätzig, überströmend von Entschuldigungen und Erklärungen. Kurz gesagt: der König schlief und durfte nicht gestört werden.

»König sehr fest schlafen«, war das Ende seiner Rede.

McAllister geriet dermaßen in Wut, daß der Premierminister unverzüglich davonlief, um mit dem König selbst wiederzukommen. Sie waren Prachtexemplare, die beiden, besonders der König, der eine Höhe von mindestens sechs Fuß und drei Zoll hatte. Seine Züge waren adlerhaft, wie man sie häufig bei den Indianern Nordamerikas findet. Er war zum Herrschen nicht nur geboren, sondern auch gestaltet. Seine Augen blitzten, als er das Verlangen hörte, aber ganz sanft gehorchte er McAllisters Befehl, hundert von den besten Tänzern des Dorfes, Männer und Frauen, zu bringen. Und sie tanzten, zwei geschlagene Stunden lang, in der glühenden Sonne. Nein, sie liebten ihn nicht, aber daraus machte er sich wenig und schickte sie schließlich mit Schimpf- und Spottworten fort.

Die verächtliche Unterwürfigkeit dieser prachtvollen Wilden war unheimlich. Wie war das möglich? Was für ein Geheimnis steckte hinter dieser Herrschaft? Soviel ich auch in den nächsten Tagen darüber grübelte, und trotz aller Beispiele seiner unbestrittenen Herrschermacht, die ich beobachtete, konnte ich den Schlüssel dafür nicht finden.

Eines Tages sprach ich zufällig meine Enttäuschung darüber aus, daß mir der Kauf eines wundervollen Paares gelber Kaurimuscheln mißglückt war. Das Paar war in Sydney sicher fünf Pfund wert. Ich hatte dem Eigentümer zweihundert Stück Tabak geboten, aber er hatte dreihundert verlangt. Als ich die Sache erwähnte, ließ McAllister unverzüglich den Mann holen, nahm ihm die Muscheln ab und überreichte sie mir. Fünfzig Stück war alles, was er mir zu zahlen erlaubte. Der Mann nahm den Tabak und schien noch hocherfreut, so gut davongekommen zu sein. Was mich betraf, so entschloß ich mich, meine Zunge in Zukunft besser im Zaum zu halten. Und immer mehr grübelte ich über das Geheimnis von McAllisters Macht. Ich ging sogar so weit, daß ich ihn direkt fragte; aber alles, was er tat, war, mich verschmitzt anzusehen, klug dreinzublicken und ein neues Glas zu nehmen.

Eines Abends fischte ich in der Lagune mit Oti, dem Manne mit den Kaurimuscheln. Ich hatte ihm heimlich hundertundfünfzig Stück zugelegt, und seither sah er mich mit einem an Verehrung grenzenden Respekt an, der merkwürdig war in Anbetracht des Umstandes, daß er ein alter Mann, mindestens doppelt so alt als ich selber war.

»Warum ihr Kanaken alle wie kleine Kinder?« begann ich. »Dieser Händler nur einer. Ihr Kanaken viele viele. Ihr Kanaken wie Hunde – viel Angst vor diesem Händler. Er euch nicht fressen. Er keine Zähne dazu. Warum ihr soviel Angst?«

»Du denken, viele Kanaken ihn töten?« fragte er.

»Er sterben«, erwiderte ich. »Ihr Kanaken viele weiße Männer töten lange früher. Warum ihr so Angst vor diesem weißen Mann?«

»Ja, wir viele töten«, lautete seine Antwort. »Mein Wort! Eine Masse! Lange her. Einmal, ich ganz junger Bursche, großes Schiff liegen draußen. Wind nicht wehen. Wir viele Kanaken holen Kanu, Menge Kanus, wir gehen fangen das große Schiff. Mein Wort – wir fangen in großer Schlacht. Zwei, drei weiße Männer schießen wie Teufel. Wir nicht Angst. Wir kommen heran, klettern Seite rauf, viele Burschen, ich meinen fünfmal zehn. Eine weiße Mary (Frau) gehören zu Schiff. Ich vorher nicht sehen weiße Mary. Wir viele weiße Männer erledigen. Schiffer er nicht sterben. Fünf, sechs weiße Männer nicht sterben. Er Schiffer laut rufen. Einige weiße Männer fechten. Einige weiße Männer lassen Boot zu Wasser. Dann alle zusammen gehen weg über Bord. Er Schiffer werfen weiße Mary runter. Dann sie spülen (rudern) ganz stark. Vater meiner er damals starker Bursche. Er werfen mit Speer. Speer treffen weiße Mary in Seite. Nicht dort bleiben. Mein Wort, Speer kommt raus andre Seite Mary. Sie erledigt. Ich keine Angst. Viele Kanaken keine Angst.«

Der Stolz des alten Oti war berührt worden, denn plötzlich streifte er seinen Lava-Lava ab und zeigte mir die nicht zu verkennende Spur einer Kugel. Ehe ich etwas sagen konnte, lief seine Leine plötzlich aus. Er stoppte sie und versuchte, sie einzuholen; es zeigte sich aber, daß der Fisch um einen Korallenzweig geschwommen war. Oti warf mir einen vorwurfsvollen Blick zu, weil ich seine Wachsamkeit eingeschläfert hatte, und sprang dann, die Füße voran, über Bord. Unter Wasser drehte er sich um und folgte der Leine bis auf den Grund. Das Wasser war zehn Faden tief. Ich lehnte mich über Bord und verfolgte das Spiel seiner Füße; immer ungewisser leuchteten sie, und schließlich verhüllte ein matter gespenstischer Schimmer seine Bewegungen. Zehn Faden – sechzig Fuß – sie waren nichts für ihn, den alten Mann, verglichen mit dem Wert eines Hakens und einer Leine. Nach höchstens einer Minute, die mir aber so lang wie fünf erschien, sah ich ihn wie eine weiße Flamme aufsteigen. Er kam an die Oberfläche und ließ einen Dorsch, einen Kerl von zehn Pfund, ins Kanu fallen. Die Leine war unversehrt, und der Haken noch fest im Maule des Fisches.

»Kann sein,« sagte ich unbarmherzig, »ihr nicht Angst viel früher. Ihr jetzt viel Angst vor diesem Händler.«

»Ja, viel Angst«, gestand er und verließ damit den Gegenstand. Eine halbe Stunde lang zogen wir schweigend unsre Leinen ein und warfen sie wieder aus. Dann begannen kleine Haie anzubeißen, und nachdem wir jeder einen Haken verloren hatten, holten wir ein und warteten, daß die Haie wieder ihres Weges schwammen.

»Ich dir Wahrheit sagen,« fing Oti wieder zu sprechen an, »dann du wissen, wir jetzt Angst.«

Ich steckte meine Pfeife an und wartete. Die Geschichte, die Oti mir in entsetzlichem Trepang-Englisch erzählte, gebe ich hier in richtiger Sprache wieder. Im übrigen ist sie nach Form und Inhalt genau so, wie sie von Otis Lippen kam.

»Nach diesem Kampfe waren wir sehr stolz. Wir hatten viele Male mit den fremden weißen Männern gekämpft, die auf dem Wasser leben, und immer hatten wir sie besiegt. Einige von uns waren gefallen, aber was bedeutete das im Vergleich zu der Fülle von Reichtümern an tausend und abertausend Dingen, die wir auf den Schiffen fanden? Und dann kam eines Tages, vor vielleicht zwanzig oder auch fünfundzwanzig Jahren, ein Schoner gerade durch die Einfahrt in die Lagune. Es war ein großer Schoner mit drei Masten. Er hatte fünf weiße Männer an Bord und vielleicht vierzig Mann Besatzung, Schwarze aus Neuguinea und Neubritannien, und er kam, um Trepang zu fischen. Er ging jenseits der Lagune bei Pauloo vor Anker, und seine Boote zerstreuten sich nach allen Seiten. Die Leute kampierten an den Ufern, wo sie Trepang einsalzten. Diese Trennung machte sie schwach, denn die, die hier fischten, und die bei Pauloo waren fünfzig Meilen voneinander getrennt, und einige waren noch weiter entfernt.

Unser König hielt mit den Häuptlingen Rat, und ich war mit in dem Boot, das den ganzen Nachmittag und den ganzen Abend über die Lagune ruderte, um den Männern auf Pauloo zu sagen, daß wir am nächsten Morgen die Fischerlager angreifen wollten, und daß sie gleichzeitig den Schoner nehmen sollten. Wir, die wir den Bescheid überbracht hatten, waren zwar vom Rudern ermüdet, nahmen aber doch am Angriff teil. Auf dem Schoner standen zwei weiße Männer, der Schiffer und der zweite Steuermann, mit einem halben Dutzend Schwarzer. Den Schiffer und drei Schwarze überrumpelten wir an Land und erschlugen ihn dort, aber vorher tötete der Schiffer acht von uns mit seinen zwei Revolvern. Wir kämpften in dichtem Handgemenge.

Der Kampflärm sagte dem Steuermann, was vorging, und er brachte Nahrung, Wasser und ein Segel in das kleine Beiboot, das kaum zwölf Fuß maß. An tausend Mann, die ganze Lagune mit unsern Booten bedeckend, gingen wir auf den Schoner los. Und wir bliesen auf Muscheln, sangen Kriegsgesänge und schlugen die Seiten der Kanus mit den Rudern. Welche Möglichkeit hatten ein weißer Mann und drei Schwarze gegen uns? Gar keine, und der Steuermann wußte das.

Weiße Männer sind Teufel. Ich habe sie viel beobachtet, und ich bin jetzt ein alter Mann, und ich verstehe endlich, warum die weißen Männer sich alle Inseln im Meer genommen haben. Weil sie Teufel sind. Du sitzest hier im Boot mit mir. Du bist kaum mehr als ein Knabe. Du bist nicht klug, denn jeden Tag sage ich dir eine Menge Dinge, die du nicht weißt. Als ich ein kleines Kind war, wußte ich mehr vom Fisch und den Wegen des Fisches, als du jetzt weißt. Ich bin ein alter Mann, aber ich tauche bis auf den Grund der Lagune, und du kannst mir nicht folgen. Wozu bist du überhaupt gut? Vermutlich nur zum Kämpfen. Ich habe dich nie kämpfen sehen, aber ich weiß, daß du wie deine Brüder bist und kämpfen kannst wie die Hölle. Und du bist auch verrückt wie deine Brüder. Ihr wißt nie, wann ihr besiegt seid. Ihr kämpft bis zum Tode, und ein toter Mann weiß nicht, daß er besiegt ist.

Nun höre, was der Steuermann tat. Als wir, die See bedeckend und auf unsern Muscheln blasend, herankamen, stieß er in dem kleinen Boot mit den drei Schwarzen vom Schoner ab und ruderte nach der Einfahrt. Auch das war wieder verrückt, denn kein kluger Mann wäre in einem so kleinen Boot in See gestochen. Der Rand seines Bootes befand sich keine vier Zoll über Wasser. Zwanzig mit zweihundert jungen Leuten bemannte Kanus verfolgten ihn. Wir ruderten fünf Faden, wenn seine schwarzen Burschen einen machten. Er hatte keine Möglichkeit, zu entkommen, aber er war verrückt. Er stand aufrecht im Boot mit einer Flinte und schoß viele Male. Er war kein guter Schütze; als wir aber näherkamen, waren viele von uns verwundet und tot. Aber er hatte doch keine Möglichkeit.

Ich erinnere mich, daß er die ganze Zeit eine Zigarre rauchte. Als wir noch vierzig Fuß entfernt waren und uns schnell näherten, warf er die Flinte weg, zündete mit der Zigarre ein Stück Dynamit an und warf es nach uns. Er zündete eines nach dem andern an und warf sehr schnell viele nach uns. Ich weiß jetzt, daß er jedenfalls die Enden der Zünder gespalten und Streichholzenden hineingesteckt hatte, daß sie so schnell brannten. Auch waren die Zünder sehr kurz. Manchmal gingen die Dynamitstücke in der Luft los, die meisten aber in den Kanus. Und so oft sie in einem Kanu losgingen, war das Kanu erledigt. Von den zwanzig Kanus wurde die Hälfte zerschmettert. So wurde das Kanu, in dem ich saß, zerschmettert und ebenso die zwei Männer, die mir zunächst saßen. Das Dynamit fiel zwischen sie. Die andern Kanus wendeten sich zur Flucht. Da brüllte der Steuermann ›Hu! Hu! Hu!‹ hinter uns her. Auch schoß er wieder mit der Flinte nach uns und tötete viele. Und die ganze Zeit ruderten die Schwarzen in dem Boot weiter; du siehst, ich sage die Wahrheit, dieser Steuermann war ein Teufel.

Aber das war noch nicht alles. Bevor er den Schoner verließ, steckte er ihn in Brand und legte alles Pulver und Dynamit auf einen Haufen, so daß es auf einmal losgehen mußte. Es waren Hunderte von uns an Bord, die versuchten, das Feuer zu löschen, indem sie Wasser über Bord holten, als der Schoner in die Luft ging. So ging alles, wofür wir gekämpft hatten, verloren, und dazu waren viele von uns tot. Noch jetzt in meinem hohen Alter habe ich zuweilen böse Träume, in denen ich den Steuermann brüllen höre. Mit Donnerstimme brüllt er ›Hu! Hu! Hu!‹. Aber in den Fischerlagern wurden alle erschlagen.

Der Steuermann ruderte in seinem kleinen Boot zur Einfahrt hinaus, und wir waren überzeugt, daß das sein Ende sein würde, denn wie konnte ein so kleines Boot mit vier Mann sich auf dem Meere halten? Ein Monat verging, da segelte eines Morgens zwischen zwei Regenböen ein Schoner durch unsre Einfahrt und ging vor dem Dorfe vor Anker. Der König und die Häuptlinge hielten großen Rat, und es wurde beschlossen, daß wir in zwei oder drei Tagen den Schoner nehmen sollten. Inzwischen fuhren wir, unsrer Gewohnheit gemäß, immer freundlich zu scheinen, in Kanus zu ihm hinüber und brachten Bündel von Kokosnüssen, Geflügel und Schweine, um zu handeln. Als aber viele Kanus von uns neben dem Schoner lagen, begannen die Männer an Bord, uns mit Flinten zu beschießen, und als wir wegruderten, sah ich den Steuermann, der in dem kleinen Boot in See gestochen war, auf die Reling springen und tanzen und hörte ihn ›Hu! Hu! Hu‹ brüllen.

Am Nachmittage landete der Schoner drei mit weißen Männern gefüllte Boote. Sie gingen mitten durch das Dorf und schossen jeden Mann, den sie sahen, nieder. Ebenso schossen sie die Hühner und Schweine nieder. Wir, die wir nicht getötet wurden, flüchteten in die Kanus und ruderten auf die Lagune hinaus. Als wir zurückblickten, konnten wir sehen, daß alle Häuser in Flammen standen. Spät am Nachmittage sahen wir viele Kanus von Nihi kommen, dem an der Nihi-Passage im Nordosten gelegenen Dorfe. Sie waren alles, was übriggeblieben war, und wie bei uns, war ihr Dorf durch einen zweiten Schoner niedergebrannt worden, der durch die Nihi-Passage gekommen war.

Wir fuhren in der Dunkelheit gegen Westen nach Pauloo, aber mitten in der Nacht hörten wir Frauen weinen und gerieten dann in eine große Flotte von Kanus. Sie waren der ganze Überrest von Pauloo, das ebenfalls in Asche gelegt war, denn ein dritter Schoner war durch die Pauloo-Passage gekommen. Du siehst, dieser Steuermann und seine schwarzen Burschen waren nicht ertrunken. Er hatte die Salomoninseln erreicht und dort seinen Brüdern erzählt, was wir auf Oolong getan hatten. Und alle seine Brüder hatten ihm zugesagt, daß sie kommen und uns bestrafen wollten, und nun waren sie da mit ihren drei Schonern, und unsre drei Dörfer wurden weggefegt. – Und was sollten wir dabei machen? Am Morgen segelten die zwei Schoner aus Luv mitten in der Lagune auf uns los. Der Passat wehte kräftig, und sie fuhren unsre Kanus zu Dutzenden über den Haufen. Und die Flinten sprachen unaufhörlich. Wir zerstreuten uns wie fliegende Fische vor der

Bonita, und wir waren unser so viele, daß wir zu Tausenden auf die Inseln hier und dort am Rande des Atolls entkamen.

Und dann jagten uns die Schoner die Lagune auf und ab. Zur Nachtzeit entschlüpften wir ihnen. Aber am nächsten Tage oder in zwei, drei Tagen erwarteten wir, die Schoner zurückkehren und uns nach dem andern Ende der Lagune jagen zu sehen. Und so kam es. Wir zählten und beklagten unsre Toten nicht mehr. Zwar waren wir viele und sie wenige. Aber was konnten wir tun? Ich war in einem der zwanzig mit Männern gefüllten Kanus, die den Tod nicht fürchteten. Wir griffen den kleinsten Schoner an. Sie schossen uns in Haufen nieder. Sie warfen Dynamit in die Kanus, und als ihnen das Dynamit ausging, gossen sie heißes Wasser auf uns herab, und die Flinten hörten nicht auf zu sprechen. Und die, deren Kanus zertrümmert waren, wurden im Wegschwimmen erschossen. Und der Steuermann tanzte oben auf dem Kajütendach herum und brüllte ›Hu! Hu! Hu!‹

Jedes Haus auf jeder kleinsten Insel wurde verbrannt. Nicht ein Schwein oder Huhn wurde am Leben gelassen. Unsre Habe wurde mit dem Blut der Erschlagenen besudelt oder mit Korallenblöcken bedeckt. Wir waren fünfundzwanzigtausend auf Oolong, ehe die Schoner kamen. Heute sind wir fünftausend. Als die Schoner wegfuhren, waren wir nur dreitausend, wie du sehen wirst.

Schließlich wurden die drei Schoner müde, uns hin und her zu jagen. So fuhren sie alle drei nach Nihi im Nordosten, und dann trieben sie uns beständig nach Westen. Ihre neun Boote waren auch zu Wasser gelassen. Sie durchsuchten jede Insel auf ihrem Wege. Sie trieben uns, trieben uns, trieben uns Tag für Tag. Und jede Nacht bildeten die drei Schoner und die neun Boote eine wachsame Kette, die sich von einem Rand der Lagune bis zum andern erstreckte, so daß wir nicht entwischen konnten. Sie konnten uns nicht ewig in dieser Richtung treiben, denn die Lagune hat ja ihre Grenze, und schließlich wurden alle von uns, die noch lebten, auf die letzte Sandbank getrieben. Hinter uns war die offene See. Wir waren unser zehntausend, und wir bedeckten die Sandbank vom Rande der Lagune bis zu der donnernden Brandung auf der andern Seite. Keiner konnte sich niederlegen. Es war kein Platz. Wir standen Hüfte an Hüfte, Schulter an Schulter. Zwei Tage hielten sie uns hier fest, und der Steuermann kletterte in die Takelage, um uns zu verhöhnen und ›Hu! Hu! Hu!‹ zu brüllen, bis es uns ganz leid tat, daß wir ihm und seinem Schoner je ein Leid zugefügt hatten. Wir hatten nichts zu essen und mußten zwei Tage und zwei Nächte auf den Füßen stehen. Die kleinen Kinder starben, und die Alten und Schwachen starben, und die Verwundeten starben. Und das schlimmste von allem war, daß wir kein Wasser hatten, um unsern Durst zu löschen, und zwei Tage lang brannte die Sonne auf uns hernieder, und es gab keinen Schatten. Viele Männer und Frauen wateten ins Meer hinaus und ertranken, und die Brandung warf ihre Leichen wieder an den Strand. Und dazu kam eine Fliegenplage. Einige Männer schwammen zu den Schonern hinaus, aber sie wurden bis auf den letzten niedergeschossen. Und uns, die wir noch am Leben waren, tat es sehr leid, daß wir in unserm Übermut versucht hatten, den Dreimastschoner zu nehmen, der zum Trepangfischen gekommen war. Am Morgen des dritten Tages kamen die Schiffer der drei Schoner und jener Steuermann in einem kleinen Boot. Sie alle hatten Flinten und Revolver und wollten mit uns sprechen. Nur weil sie des Tötens müde wären, hätten sie damit aufgehört, sagten sie. Und wir sagten ihnen, daß wir es bereuten und daß wir nie wieder einem weißen Manne etwas Böses tun würden, und als Zeichen unsrer Unterwerfung streuten wir Sand auf unsre Köpfe. Und alle Weiber und Kinder brachen in lautes Jammern nach Wasser aus, so daß sich zeitweilig kein Mann Gehör verschaffen konnte. Dann wurde uns unsre Strafe mitgeteilt. Wir mußten die drei Schoner mit Kopra und Trepang füllen. Und wir stimmten zu, denn wir brauchten Wasser, und unser Herz war gebrochen, und wir wußten, daß wir Kinder im Kampf waren, wenn wir mit weißen Männern kämpften, die wie die Teufel sind. Und als die ganze Unterredung beendet war, stand der Steuermann auf, verspottete uns und brüllte ›Hu! Hu! Hu!‹ Darauf ruderten wir in unsern Kanus fort und suchten nach Wasser.

Und wochenlang arbeiteten wir, fischten Trepang, salzten ihn ein, sammelten Kokosnüsse und verarbeiteten sie zu Kopra. Tag und Nacht stieg der Rauch in Wolken von allen Gestaden der Inseln von Oolong empor, als wir die Strafe für unsre Übeltat bezahlten. Denn in diesen Todestagen wurde es unsern Gehirnen deutlich eingeprägt, daß es ein großes Unrecht ist, einem weißen Manne ein Leid zuzufügen.

Als die Schoner allmählich mit Kopra und Trepang gefüllt und unsre Bäume kahl von Kokosnüssen waren, riefen die drei Schiffer und jener Steuermann uns zu einer großen Besprechung zusammen. Und sie sagten, sie freuten sich, daß wir unsre Lektion gelernt hätten, und wir sagten zum zehntausendsten Male, daß es uns leid täte, und daß wir es nicht wieder tun wollten. Auch streuten wir Sand auf unsre Köpfe. Darauf sagten die Fischer, es wäre alles sehr gut so; um uns aber zu zeigen, daß sie uns nicht vergäßen, würden sie uns einen Teufel schicken, den wir nie vergessen und an den wir stets denken sollten, so oft wir Lust hätten, einem weißen Manne Böses zu tun. Darauf verspottete der Steuermann uns wieder und brüllte ›Hu! Hu! Hu!‹. Dann wurden sechs von unsern Leuten, die wir längst totgeglaubt hatten, von einem der drei Schoner an Land gesetzt, und die Schoner hißten die Segel und fuhren nach den Salomoninseln. Die sechs an den Strand gesetzten Leute wurden als erste von dem Teufel gepackt, den die Schiffer uns geschickt hatten.«

»Eine große Krankheit kam«, unterbrach ich ihn, denn ich kannte den Kniff. Der Schoner hatte Masern an Bord gehabt, und die sechs Gefangenen waren der Krankheit frei ausgesetzt worden.

»Ja, eine große Krankheit«, fuhr Oti fort. »Es war ein schrecklicher Teufel. Die ältesten Leute hatten noch nie so etwas gehört. Diejenigen unsrer Priester, die noch am Leben waren, töteten wir, weil sie den Teufel nicht bezwingen konnten. Die Krankheit breitete sich aus. Ich habe gesagt, daß zehntausend von uns Hüfte an Hüfte und Schulter an Schulter auf der Sandbank standen. Als die Krankheit uns verließ, waren nur noch dreitausend am Leben. Dazu kam die Hungersnot, da wir all unsre Kokosnüsse zu Kopra verarbeitet hatten.

Dieser Bursche Händler«, schloß Oti, »er sehr viel schmutzig. Er kai-kai (essen) Muscheln, wenn ganz stinken. Er wie großer Hund, kranker Hund, viele Flöhe an ihm. Wir keine Angst vor diesem Händler. Wir Angst, weil er weißer Mann. Wir viel zu sehr wissen, daß nicht gut, weißen Mann töten. Dieser kranke Hund von Händler er viele Brüder, weiße Männer kämpfen wie Teufel. Wir nicht Angst vor Händler. Manchmal er machen Kanaken böse auf ihn, und Kanaken ihn wollen töten, Kanaken denken an Teufel und Kanaken hören diesen Steuermann rufen: ›Hu! Hu! Hu!‹, und dann Kanaken nicht töten.«

Oti befestigte ein Stück Tintenfisch, das er mit den Zähnen von dem noch lebenden und sich windenden Ungetüm gerissen, als Köder an seinem Haken, und Haken und Köder sanken wie weiße Flammen auf den Grund. »Hai nicht mehr hier«, sagte er. »Ich denken, wir fangen Menge Fische.«

Seine Leine zuckte wild. Er zog sie schnell, aber vorsichtig ein, und ein großer, schnappender Dorsch landete im Kanu.

»Sonne sie stehen auf, ich machen diesem verdammten Händler ein Geschenk das große Fisch«, sagte Oti.

Otoo, der Heide

Das erstemal traf ich ihn in einem Orkan, und obgleich wir den Orkan auf demselben Schoner erlebten, bemerkte ich ihn erst, als das Schiff unter unsern Füßen zertrümmert war. Zweifellos hatte ich ihn mit der übrigen Kanakenbesatzung an Bord gesehen, aber seine Existenz war mir nicht zum Bewußtsein gekommen, denn die ›Petite Jeanne‹ war stark überfüllt. Außer ihren acht oder zehn Kanakenmatrosen, dem weißen Kapitän, Steuermann und Superkargo und ihren sechs Kajütpassagieren fuhr sie von Rangiroa mit ungefähr fünfundachtzig Deckpassagieren ab – Paumotern und Tahitianern, Männern, Frauen und Kindern, jeder mit einer Kiste, der Schlafmatten, Bettdecken und Kleiderbündel nicht zu gedenken.

Die Zeit der Perlenfischerei auf Paumotu war vorüber, und alles kehrte nach Tahiti zurück. Wir sechs Kajütpassagiere waren Perlenhändler. Zwei davon waren Amerikaner, einer war Ah Choon (der weißeste Chinese, den ich je gesehen habe), einer war Deutscher, einer polnischer Jude, und ich machte das halbe Dutzend voll.

Der Fang war vom Glück begünstigt gewesen. Nicht einer von uns hatte Grund zu klagen, ebensowenig einer von den fünfundachtzig Deckpassagieren. Alles war gut gegangen, und alle konnten einer ruhigen, angenehmen Zeit in Papeete entgegensehen.

Natürlich war die ›Petite Jeanne‹ überladen. Nur siebzig Tonnen groß, hätte sie auch nicht ein Zehntel der Menge, die sie an Bord führte, aufnehmen dürfen. Unter ihren Luken war sie vollgepfropft bis an den Rand mit Perlmutter und Kopra. Selbst der Gepäckraum war damit vollgepackt. Es war ein Wunder, daß die Matrosen überhaupt arbeiten konnten. Auf Deck konnte man sich kaum bewegen. Sie mußten einfach von vorn nach achtern die Reling entlang kriechen.

Nachts traten sie auf die Schläfer, die das Deck wie ein Teppich bedeckten; sie lagen in zwei Schichten übereinander. Und dazu kamen noch Schweine und Hühner und Säcke mit Jams, während jede erdenkliche Stelle mit Girlanden von

Kokosnüssen und Bananenbündeln bekränzt war. Auf beiden Seiten, zwischen Fock- und Großwant, hatte man Bardunen ausgespannt, gerade so hoch, daß der Vormastbaum ausschwingen konnte, und an jeder dieser Bardunen hingen mindestens fünfzig Bananenbündel.

Die Überfahrt versprach nicht gerade angenehm zu werden, selbst wenn wir sie in den zwei oder drei Tagen machten, die man bei frischem Südostpassat brauchte. Aber er wehte nicht frisch. Nach den ersten fünf Stunden legte er sich mit einem Dutzend fächelnden Atemzügen. Die Stille währte die ganze Nacht und den folgenden Tag. Es war eine dieser schimmernden glasklaren Stillen, bei denen der Gedanke allein, die Augen zu öffnen und sie zu sehen, schon Kopfschmerzen verursacht.

Am zweiten Tage starb ein Mann – ein Ostinsulaner, einer der besten Lagunentaucher des Jahres – an Pocken, obgleich es unerklärlich war, wie Pocken an Bord kommen konnten, da an Land, als wir Rangiroa verließen, kein Fall bekannt war. Aber es stimmte, es waren Pocken, ein Mann tot und drei andre angesteckt.

Es war nichts dabei zu machen. Wir konnten die Kranken weder isolieren noch für sie sorgen. Wir waren zusammengestaut wie die Sardinen. Man konnte nichts tun als sterben und verfaulen – das heißt nach der Nacht, die dem ersten Todesfall folgte. In dieser Nacht verschwanden der Steuermann, der polnische Jude und vier eingeborene Taucher mit dem großen Walboot. Man hörte nie wieder etwas von ihnen. Am Morgen ließ der Kapitän sofort die übrigen Boote anbohren, und da saßen wir nun.

An diesem Tage gab es zwei Todesfälle, am nächsten Tage drei; dann sprang es auf acht. Es war ein merkwürdiger Anblick, wie wir uns dazu verhielten. Die Eingeborenen verfielen in einen Zustand dumpfen, schlaffen Entsetzens. Der Kapitän – er hieß Oudouse und war Franzose – wurde sehr nervös und redete viel. Er bekam geradezu nervöse Zuckungen. Er war ein starker, fleischiger Mann, der mindestens zweihundert Pfund wog, und er wurde bald das getreue Bild eines zitternden geleeartigen Fettberges.

Der Deutsche, die beiden Amerikaner und ich kauften allen schottischen Whisky an Bord auf und waren andauernd betrunken. Die Theorie war prachtvoll: Wenn wir uns beständig unter Alkohol hielten, so mußte jeder Pockenkeim, der mit uns in Berührung kam, sofort zu Schlacke verbrannt werden. Und die Theorie wirkte, obgleich ich gestehen muß, daß weder Kapitän Oudouse noch Ah Choon von der Krankheit ergriffen wurden. Der Franzose trank überhaupt nicht, während Ah Choon auf ein Glas täglich sich beschränkte.

Es war eine angenehme Zeit. Die Sonne näherte sich der nördlichen Deklination und stand uns direkt zu Häupten. Es gab keinen Wind, außer häufigen Böen, die mit Ungestüm fünf Minuten bis eine halbe Stunde wehten und uns mit Regen überschütteten. Nach jeder Bö kam die schreckliche Sonne wieder und zog Dampfwolken aus dem durchnäßten Deck. Der Dampf war nicht schön. Es war der Dampf des Todes, mit Millionen und aber Millionen von Keimen gesättigt. Wenn wir ihn von den Toten und Sterbenden aufsteigen sahen, tranken wir immer noch einen und meistens noch zwei oder drei besonders steif gemischte dazu. Auch machten wir es zur Regel, ein Extraglas zu nehmen, sooft die Toten den uns umschwärmenden Haien überlassen wurden.

So lebten wir eine Woche, und dann ging uns der Whisky aus. Es war gut so, denn sonst wäre ich heute nicht mehr am Leben. Um das, was jetzt folgte, zu überstehen, mußte man nüchtern sein, wie man zugeben wird, wenn ich die kleine Tatsache erwähne, daß nur zwei Menschen es tatsächlich überstanden. Der andre war der Heide – so hörte ich wenigstens Kapitän Oudouse ihn nennen, als ich zuerst von seiner Existenz Kenntnis erhielt. Aber darauf komme ich später zurück.

Am Ende der Woche, als der Whisky ausgegangen und die Perlenhändler nüchtern geworden waren, warf ich zufällig einen Blick auf das Barometer, das in der gemeinsamen Kajüte hing. Sein normaler Stand in Paumotu ist 29,90, und es schwankt gewöhnlich zwischen 29,85 und 30,00 oder sogar 30,05; aber was man jetzt sah: daß es auf 29,62 gefallen war,

genügte, um den betrunkensten Perlenhändler, der je Pocken-
bazillen durch schottischen Whisky eingeäschert hat, zu er-
nüchtern.

Ich lenkte Kapitän Oudouses Aufmerksamkeit darauf,
aber nur, um zu erfahren, daß er das Fallen bereits seit mehreren Stunden beobachtete. Es war wenig dabei zu tun, aber das
wenige erledigte er in Anbetracht der Umstände sehr gut. Er
zog die leichten Segel ein, reffte die andern, ließ Rettungsleinen ausspannen und wartete auf den Wind. Einen Fehler
beging er erst, als der Wind da war. Er legte Backbord um,
was südlich des Äquators richtig gewesen wäre, wenn – und
hier lag der Hase im Pfeffer – wenn wir uns nicht direkt in
der Bahn des Orkans befunden hätten.

Wir waren direkt darin. Ich konnte es am ständigen Wachsen des Windes und am ständigen Fallen des Barometers
sehen. Ich wollte, daß der Kapitän wendete, mit dem Winde
lief, bis das Barometer nicht mehr fiel, und dann beidrehte.
Wir stritten uns darüber, bis er ganz rasend wurde; aber er
wollte nicht nachgeben. Das schlimmste war, daß ich die
andern Perlenhändler nicht auf meine Seite bringen konnte.
Wer war ich denn, daß ich mehr von der See und ihren Tü-
cken verstehen wollte als ein erfahrener Kapitän? Das war,
wie ich wohl wußte, ihre Meinung.

Natürlich erhob sich mit dem Steigen des Sturmes ein ent-
setzlicher Seegang, und nie vergesse ich die drei ersten Seen,
die die ›Petite Jeanne‹ übernahm. Sie war abgefallen, wie
Schiffe manchmal tun, wenn sie beigedreht haben, und die
erste See fegte eine glatte Bresche. Die Rettungsleinen halfen
nur den Starken und Gesunden und nützten selbst denen nur
wenig, denn Frauen und Kinder, Bananen und Kokosnüsse,
Schweine und Reisekisten, Kranke und Sterbende wurden als
eine kompakte schreiende und kreischende Masse fortgespült.

Die zweite See füllte das Deck der ›Petite Jeanne‹ bis an
die Reling, und als ihr Achtersteven sank und ihr Bug sich
zum Himmel hob, rutschte der ganze elende Wirrwarr von
lebenden und toten Gegenständen nach achtern. Es war ein
Malstrom von Menschen. Kopf oder Füße voran, seitwärts,
sich überschlagend, windend, drehend, krümmend, zum

Knäuel geballt, kamen sie. Hin und wieder faßte einer einen Pfosten oder ein Tau; aber das Gewicht der ihm folgenden Körper riß ihn wieder los.

Einen Mann sah ich, der mit dem Kopf gegen die Steuerbordreling geschleudert wurde. Sein Schädel zerschellte wie eine Eierschale. Ich sah, was kommen mußte, sprang auf das Kajütendach und von dort weiter in das Großsegel. Ah Choon und einer der Amerikaner versuchten, mir zu folgen, aber ich war ihnen einen Sprung voran. Der Amerikaner wurde wie ein Stückchen Spreu über den Stern gespült. Ah Choon faßte eine Speiche vom Steuerrad und klammerte sich daran fest. Aber eine stämmige Baratonga-Vahine (Frau) – sie wog mindestens zweihundertundfünfzig Pfund – tauchte hinter ihm auf und schlug ihren Arm um seinen Nacken. Er packte den Kanaken-Rudergänger mit dem andern Arm, und gerade in diesem Augenblick krengte der Schoner nach Steuerbord.

Der Strom von Körpern und Wasser, der sich durch den Backbordgang zwischen Kajüte und Reling ergoß, machte jäh kehrt und wälzte sich nach Steuerbord. Weg waren sie – Vahine, Ah Choon und der Rudergänger –, und ich schwöre darauf, daß Ah Choon mich mit philosophischer Gelassenheit angrinste, ehe er über die Reling ging und untersank. Die dritte See – die größte von den dreien – richtete nicht soviel Schaden an. Als sie kam, war fast alles in der Takelage. Auf Deck rollten vielleicht ein Dutzend keuchende, halbertrunkene und halbbetäubte Wesen herum. Einige versuchten, sich kriechend in Sicherheit zu bringen. Sie gingen über Bord, ebenso die Trümmer der beiden noch übrigen Boote. Die andern Perlenhändler und ich selbst brachten etwa fünfzehn Frauen und Kinder in die Kajüte und schlossen die Luken. Letzten Endes half es den Ärmsten nicht viel.

Wind? Nach allem, was ich je erlebt hatte, hätte ich es nicht für möglich gehalten, daß es so wehen könnte, wie es tat. Es war unbeschreiblich. Wie kann man ein Chaos beschreiben? So war es mit dem Wind. Er zerrte uns die Kleider vom Körper. Wenn ich zerren sage, so meine ich es buchstäblich. Ich verlange nicht, daß man mir glaubt. Ich erzähle nur etwas, was ich gesehen und gefühlt habe. Es gibt Zeiten, da ich es selbst nicht glaube. Ich habe es überstanden, und das genügt. Man konnte dem Wind nicht lebend trotzen. Es war unerhört, und das Unerhörteste war, daß er immer noch wuchs und wuchs.

Stellt euch ungezählte Millionen, Billionen Tonnen Sand vor, denkt euch, daß dieser Sand mit einer Schnelligkeit von neunzig, hundert, hundertundzwanzig oder sonst einer beliebigen Zahl von Meilen die Stunde vorwärts rast. Denkt euch ferner, daß dieser Sand unsichtbar und unfaßbar ist und doch das ganze Gewicht und die Dichte des Sandes besitzt. Stellt euch das vor und ihr habt eine schwache Ahnung, wie dieser Wind war.

Vielleicht ist Sand nicht der rechte Vergleich. Denkt ihn euch wie Schlamm, unsichtbar, unfaßbar, und doch schwer wie Schlamm. Nein, es war noch schlimmer. Denkt, daß jedes Molekül eine ganze Schlammbank für sich ist. Dann versucht, euch den gesamten Druck dieser Schlammbänke vorzustellen. Nein, es übersteigt meine Kraft. Die Sprache mag genügen, um den gewöhnlichen Lebensbedingungen gerecht zu werden, aber sie kann unmöglich schildern, was bei einem so ungeheuren Orkan vorgeht. Am besten wäre ich bei meiner ursprünglichen Absicht geblieben, eine Beschreibung gar nicht zu versuchen. So viel will ich jedoch sagen: Der Seegang, der sich zuerst erhoben hatte, wurde von diesem Sturm niedergehalten. Mehr noch: Der ganze Ozean schien von dem Schlund des Orkans aufgesogen und in den Teil des Raumes geschleudert zu sein, den früher die Luft eingenommen hatte.

Natürlich war unsre Leinwand längst verschwunden. Aber Kapitän Oudouse hatte auf der ›Petite Jeanne‹ etwas, was ich noch nie auf einem Südseeschoner gesehen hatte: einen Seeanker. Es war ein konischer Segeltuchbeutel, dessen Ende durch ein riesiges Bandeisen offen gehalten wurde. Der Seeanker war ungefähr wie ein Papierdrache aufgezäumt, so daß er sich im Wasser festbiß wie ein Drache in der Luft, jedoch mit einem gewissen Unterschied. Der Seeanker hielt sich gerade unter der Oberfläche des Meeres in lotrechter Stellung.

Eine lange Leine verband ihn wieder mit dem Schoner. Infolgedessen ritt die ›Petite Jeanne‹ gerade gegen Wind und See.

Die Lage wäre in Wirklichkeit recht günstig gewesen, hätten wir uns nicht gerade in der Bahn des Sturmes befunden. Zwar riß der Wind die Segel von den Seisingen, schleuderte die Stengen heraus und würfelte alles, was nicht niet- und nagelfest war, bunt durcheinander, aber wir wären doch heil durchgekommen, wenn wir uns nicht gerade im vorrückenden Zentrum des Sturmes befunden hätten. Das gab uns den Rest. Ich war in einen Zustand von Starre und Betäubung versunken, und ich glaube, ich war ziemlich so weit, allen Widerstand aufzugeben und zu sterben, als das Zentrum uns traf. Der Schlag, den wir erhielten, war absolute Windstille. Es war nicht ein Hauch zu spüren. Die Wirkung war widerwärtig.

Denkt euch, daß wir uns die vier Stunden, die wir dem schrecklichen Druck des Windes widerstehen mußten, in einer furchtbaren Muskelanspannung befunden hatten. Und plötzlich war dieser Druck fort. Wie ich mich entsinne, hatte ich das Gefühl, als sollte ich mich aufblasen und in Stücken in alle Himmelsrichtungen fliegen, jedes Atom meines Körpers schien alle andern Atome abzustoßen und im Begriff zu sein, sich mit unwiderstehlicher Kraft in den Weltraum zu stürzen. Aber das dauerte nur einen Augenblick. Das Verderben war über uns.

Als Wind und Druck gewichen waren, hob sich die See. Sie sprang, schoß, flog geradeswegs bis zu den Wolken. Vergeßt nicht, daß der unerhörte Wind aus allen Richtungen des Kompasses auf das Zentrum der Stille losbrach. Die Folge war, daß aus jeder Richtung des Kompasses die Seen heransprangen. Es gab keinen Wind, der ihnen trotzen konnte. Sie knallten hoch wie Pfropfen, die man vom Boden eines Eimers aufsteigen läßt. Es war kein System in ihnen, keine Zielsicherheit. Es waren dumpfe, wahnsinnige Seen. Sie waren mindestens achtzig Fuß hoch. Es waren überhaupt keine Seen. Sie waren ungleich jeder See, die ein Mensch je wahrgenommen hatte.

Es waren Spritzer, ungeheure Spritzer – das ist alles. Spritzer, die achtzig Fuß hoch flogen. Achtzig! Mehr als achtzig! Sie gingen über unsere Mastspitzen. Es waren Fontänen, Explosionen. Sie waren betrunken. Irgendwo, irgendwie fielen sie nieder. Eine drängte die andre; sie stießen zusammen, oder sie fielen jede für sich wie tausend Wasserfälle auf einmal. Dies Sturmzentrum war kein Ozean mehr, den ein Mensch sich vorstellen kann. Es war das dreifache Chaos. Es war Anarchie. Es war ein Höllenpfuhl wahnsinnigen Seewassers. Die ›Petite Jeanne‹? Ich weiß es nicht. Der Heide sagte mir nachher, daß er auch nichts wußte. Sie wurde buchstäblich in Stücke gerissen, zerfetzt, zu Brei zerstoßen, zu Kienholz zermalmt, vernichtet. Als ich zu mir kam, befand ich mich im Wasser und schwamm, obgleich mehr tot als lebendig, automatisch. Wie ich dahin gekommen war, konnte ich mich nicht mehr erinnern. Ich hatte gerade noch gesehen, wie die ›Petite Jeanne‹ zerfetzt wurde, dann hatte mich das Bewußtsein verlassen. Aber nun war ich hier und konnte nichts andres tun, als gute Miene zum bösen Spiel machen, und das war nicht sehr hoffnungsreich. Der Wind blies wieder, die Seen waren viel kleiner und regelmäßiger, und ich wußte, daß ich über das Zentrum hinaus war. Zum Glück gab es keine Haie in der Nähe. Der Orkan hatte die räuberische Horde zerstreut, die das Totenschiff umringt und von den Toten gelebt hatten.

Es war gegen Mittag, als die ›Petite Jeanne‹ in Stücke ging, und es mochte zwei Stunden später sein, als ich einen ihrer Lukendeckel auffischte. Um diese Zeit strömte dichter Regen herab, und es war der reine Zufall, der mir den Lukendeckel schickte. Ein kurzes Stück Leine hing vom Griff herab und schleppte nach, und jetzt wußte ich, daß ich wenigstens für einen Tag gesichert war, wenn die Haie nicht wiederkamen. Drei Stunden später, vielleicht etwas mehr, während ich mich mit geschlossenen Augen an dem Deckel festhielt und meine ganze Seele daran setzte, so viel Luft einzuatmen, wie nötig war, um mich oben zu halten, und zugleich zu vermeiden, so viel Wasser zu schlucken, daß ich ertrank, war mir, als hörte ich Stimmen. Der Regen hatte aufgehört, und Wind und Wellen beruhigten sich mit wunderbarer Schnelligkeit. Keine zwanzig Fuß von mir hingen auf einem andern Lukendeckel

Kapitän Oudouse und der Heide. Sie kämpften um den Besitz des Deckels – wenigstens tat es der Franzose.

»Paien noir!« hörte ich ihn schreien und sah ihn gleichzeitig nach dem Kanaken treten.

Nun hatte Kapitän Oudouse alle seine Kleider außer der Fußbekleidung verloren, und das waren schwere Stiefel. Ein tüchtiger Tritt traf den Heiden auf Mund und Kinn und betäubte ihn halb. Ich dachte, er würde Vergeltung üben, aber er begnügte sich damit, sich in Sicherheit zu bringen, indem er zehn Fuß fortschwamm. Sobald eine Woge ihn aber näherschlug, hing sich der Franzose mit den Händen fest und stieß mit beiden Füßen nach ihm. Und bei jedem Tritt schalt er den Kanaken einen schwarzen Heiden.

»Für zwei Centimes würde ich rüberkommen und dich ertränken, du weiße Bestie!« schrie ich, und nur die Erschöpfung hielt mich davon ab, es zu tun. Allein der Gedanke an die Anstrengung, hinüberzuschwimmen, erregte Übelkeit. So rief ich dem Kanaken zu, daß er zu mir kommen solle, und teilte meinen Lukendeckel mit ihm. Otoo (sprich O-to-o), sagte er mir, sei sein Name; auch erzählte er mir, daß er ein Eingeborener von Bora Bora, der westlichsten der Gesellschaftsinseln, sei. Wie ich später erfuhr, hatte er zuerst den Lukendeckel erwischt, nach einiger Zeit Kapitän Oudouse getroffen, ihm angeboten, den Platz mit ihm zu teilen, und war dann zum Dank fortgestoßen worden.

So trafen Otoo und ich uns zuerst. Er war kein Kampfhahn. Er war ganz Milde und Sanftmut, ein Wesen voller Liebe, obgleich er fast sechs Fuß maß und Muskeln wie ein Gladiator hatte. Er war kein Kampfhahn, aber auch kein Feigling. Er besaß das Herz eines Löwen, und in den folgenden Jahren sah ich, wie er sich Gefahren aussetzte, von denen ich mir nie hätte träumen lassen. Und wenn Otoo einmal in Aktion trat, dann hieß es: »Hände weg!« Ich vergesse nie, wie er mit Bill King verfuhr. Es geschah auf Deutsch-Samoa. Bill King war Schwergewichtchampion der amerikanischen Flotte. Er war ein Riesenkerl, ein wahrer Gorilla, einer dieser hart zuschlagenden groben Burschen, die ihre Fäuste gut zu gebrauchen wissen. Er fing den Streit an, stieß Otoo zweimal

und schlug ihn einmal, bevor Otoo es für nötig hielt, wieder-
zuschlagen. Ich glaube, es währte keine vier Minuten, bis Bill
King der unglückliche Besitzer von vier gebrochenen Rippen,
einem gebrochenen Oberarm und einer verrenkten Schulter
war. Otoo verstand nichts vom wissenschaftlichen Boxen. Er
schlug nur drauflos, und Bill King brauchte etwa drei Monate,
um sich von dem bißchen Drauflosschlagen zu erholen, das
ihm an diesem Nachmittage auf dem Strande von Apia zuteil
geworden war.

Aber ich greife dem Gang der Erzählung vor. Wir teilten
den Lukendeckel miteinander. Abwechselnd lag der eine flach
auf dem Deckel und ruhte sich aus, während der andre sich,
bis zum Halse im Wasser, mit den Händen festhielt. Zwei
Tage und Nächte trieben wir so, abwechselnd auf dem Deckel
und im Wasser, über dem Ozean. Zuletzt war ich meist ohne
Besinnung, und es kam auch vor, daß ich Otoo in seiner
Muttersprache schwatzen und phantasieren hörte. Unser
ständiges Untertauchen rettete uns vor dem Verdursten, obgleich Seewasser und Sonnenschein uns die denkbar unange-
nehmste Vorstellung von Gepökelt- und Gedörrtwerden
gaben.

Schließlich rettete Otoo mir das Leben; denn als ich zu
mir kam, lag ich, zwanzig Fuß vom Wasser entfernt, auf dem
Strande, durch eine Menge Kokosblätter vor der Sonne geschützt. Niemand als Otoo konnte mich da hingetragen und
mit den Blättern bedeckt haben. Er lag neben mir. Ich verlor
von neuem das Bewußtsein, und als ich wieder zu mir kam,
war kühle, sternenklare Nacht, und Otoo hielt mir eine Kokosnuß zum Trinken an die Lippen.

Wir waren die einzigen Überlebenden von der ›Petite
Jeanne‹. Kapitän Oudouse war sicher der Erschöpfung erle-
gen, denn einige Tage später trieb sein Lukendeckel ohne ihn
an Land. Otoo und ich lebten eine Woche bei den Einwoh-
nern des Atolls; dann wurden wir von einem französischen
Kreuzer aufgenommen und nach Tahiti gebracht. Inzwischen
begingen wir jedoch die Zeremonie des Namenstausches. In
der Südsee verbindet diese Zeremonie zwei Männer fester als

Blutsbrüderschaft. Der Vorschlag war von mir ausgegangen, und Otoo war begeistert, als ich ihn machte.

»Es ist gut«, sagte er auf tahitianisch. »Denn wir sind zwei Tage Genossen an den Lippen des Todes gewesen.«

»Aber der Tod hat gestottert«, lächelte ich.

»Du hast eine brave Tat getan, Herr,« antwortete er, »und der Tod war nicht schlecht genug, um zu sprechen.«

»Warum nennst du mich Herr?« fragte ich, indem ich mich verletzt stellte. »Wir haben die Namen getauscht. Für dich bin ich Otoo. Für mich bist du Charley. Und zwischen dir und mir bist du in alle Ewigkeit Charley und ich Otoo. So will es der Brauch. Und wenn wir sterben und vielleicht irgendwo hinter den Wolken und Sternen wieder zusammen leben, so wirst du immer noch für mich Charley sein und ich für dich Otoo.«

»Ja, Herr«, antwortete er mit glänzenden, freudeerfüllten Augen.

»Fängst du schon wieder an?« rief ich entrüstet

»Was tut es, was meine Lippen sagen?« wandte er ein. »Es sind ja nur meine Lippen. Aber ich denke immer Otoo. Sooft ich an mich denke, denke ich an dich. Sooft ich beim Namen gerufen werde, denke ich an dich. Und hinter Sternen und Wolken, immer und ewig, wirst du Otoo für mich sein. Ist es so recht, Herr?«

Ich antwortete lächelnd, daß es so recht sei.

In Papeete trennten wir uns. Ich blieb dort, um mich zu erholen, und er fuhr mit einem Kutter nach seiner eigenen Insel Bora Bora. Sechs Wochen darauf kam er wieder. Ich war erstaunt, denn er hatte mir von seinem Weibe erzählt und gesagt, daß er zu ihr zurückkehren und die weiten Reisen aufgeben wollte.

»Wohin gehst du, Herr?« fragte er nach unserer ersten Begrüßung.

Ich zuckte die Achseln. Die Frage war nicht leicht zu beantworten.

»Um die ganze Welt –,« lautete meine Antwort, »um die ganze Welt, über das Meer, nach allen Inseln, die im Meere sind.«

»Ich gehe mit dir«, sagte er einfach. »Mein Weib ist tot.«

Ich hatte nie einen Bruder gehabt; aber nach dem, was ich Ton den Brüdern andrer Leute gesehen habe, bezweifle ich, daß je ein Mensch einen Bruder gehabt hat, der so zu ihm hielt, wie Otoo zu mir. Er war mir Bruder, aber auch Vater und Mutter. Und ich wußte, daß ich Otoos wegen ein besserer, rechtschaffener Mensch wurde. Um andre Menschen kümmerte ich mich wenig, aber ich mußte rechtschaffen leben unter Otoos Augen. Seinetwegen wagte ich nicht, mich zu beflecken. Er machte mich zu seinem Ideal, und ich fürchte, daß er mich hauptsächlich nach dem Bilde seiner eigenen Liebe und Verehrung schuf. Es gab Zeiten, da ich dicht vor den Stufen der Hölle stand und mich hineingestürzt haben würde, wenn der Gedanke an Otoo mich nicht zurückgehalten hätte. Sein Stolz auf mich wurde mein eigener, bis es eines der Hauptgesetze meines persönlichen Kodex wurde, nichts zu tun, was diesen seinen Stolz verringern konnte. Natürlich lernte ich seine Gefühle mir gegenüber nicht ohne weiteres kennen. Er kritisierte nie, tadelte nie, und in demselben Maße, wie er das Piedestal erhöhte, auf das seine Augen mich gestellt hatten, wuchs auch mein Verständnis dafür, wie sehr ich ihn verletzen würde, wenn ich nicht das Beste aus mir herausholte.

Siebzehn Jahre waren wir zusammen; siebzehn Jahre war er an meiner Seite, wachte, wenn ich schlief, pflegte mich bei Fieber und Wunden – ja, empfing selbst Wunden im Kampfe für mich. Er nahm auf denselben Schiffen Heuer wie ich, und zusammen durchkreuzten wir das Stille Meer von Hawai bis zur Mole von Sydney und von den Torres Straits bis zu den Galapagos. Wir gingen auf die Jagd nach Kulis von den Neu-Hebriden und den Gilbertinseln westwärts über die Louisiaden, Neubritannien, Neuirland und Neuhannover. Wir erlitten dreimal Schiffbruch, bei den Gilbertinseln, der Santa-Cruz-Gruppe und den Fidschiinseln. Und wir handelten und feilschten, wo ein Dollar zu verdienen war mit Perlen und Perlmutter, Kopra, Trepang, Tauschwaren und gestrandeten Wracks. Es begann in Papeete, unmittelbar nachdem er erklärt hatte, daß er mich über das ganze Meer und alle Inseln darin begleiten wollte. Damals gab es in Papeete einen Klub, in dem Perlenhändler und sonstige Kaufleute, Kapitäne und allerhand Ausschuß von Südseeabenteurern sich versammelten. Es wurde hoch gespielt und stark getrunken, und ich fürchte sehr, daß ich oft länger blieb, als schicklich und anständig war. Aber zu welcher Stunde ich auch den Klub verließ, Otoo wartete auf mich, um mich sicher nach Hause zu bringen.

Zuerst lächelte ich; darauf schalt ich ihn aus. Dann sagte ich ihm rundweg, daß ich keine Amme brauchte. Nun sah ich ihn nicht mehr, wenn ich den Klub verließ. Ganz durch Zufall entdeckte ich etwa eine Woche später, daß er mich immer noch, versteckt zwischen den Schatten der Mangobäume auf der andern Seite der Straße, nach Hause begleitete. Was sollte ich tun?

Unmerklich begann ich, die Zeit besser einzuhalten. In regnerischen und stürmischen Nächten, mitten in Tollheit und Ausgelassenheit, drängte sich mir der Gedanke an Otoo auf, der seine öde Wacht unter den tropfenden Bäumen hielt. Wahrlich, er machte einen besseren Menschen aus mir. Und doch war er nicht engherzig. Und er wußte nichts von christlicher Moral. Alle Leute auf Bora Bora waren Christen; aber er war Heide, der einzige Ungläubige auf der Insel, ein großer Materialist, der an kein Jenseits glaubte. Er glaubte nur an ehrliches Spiel und anständiges Betragen. Kleinliche Niedertracht war nach seinem Gesetz fast ebenso schlimm wie mutwilliger Totschlag, und ich glaube sogar, daß er vor einem Mörder mehr Achtung hatte, als vor einem gemeinen Gauner.

Was mich persönlich betraf, so widersetzte er sich allem, was irgendwie schädlich für mich war. Gegen das Spiel hatte er nichts. Aber er setzte mir auseinander, daß das späte Aufbleiben der Gesundheit nicht zuträglich war. Er hatte Leute, die nicht auf sich achtgaben, am Fieber sterben sehen. Er war kein Abstinenzler und sagte nicht nein zu einem tüchtigen Glas, wenn es Bootsarbeit bei feuchtem Wetter gab. Anderseits war er für Mäßigkeit. Er hatte gesehen, wie viele Menschen sich durch die Schnaps- oder Whiskyflaschen entehrt oder getötet hatten.

Otoo lag stets mein Wohl am Herzen. Er dachte an meine Zukunft, erwog meine Pläne und nahm größeres Interesse an ihnen als ich selbst. In der ersten Zeit, als ich seine Teilnahme für meine Angelegenheiten noch nicht bemerkt hatte, mußte er meine Absichten erraten, wie zum Beispiel in Papeete, als ich vorhatte, mich mit einem schuftigen Kompagnon auf eine Guanospekulation einzulassen. Ich wußte nicht, daß er ein Schuft war. Auch kein andrer Weißer in Papeete wußte es. Ebensowenig wußte Otoo es, aber er sah, wie befreundet wir wurden, und fand es heraus, ohne daß ich ihn darum gebeten hätte. Eingeborene Seeleute von allen Enden des Meeres treiben sich auf dem Strande von Tahiti herum, und Otoo, der zuerst nur instinktiv argwöhnisch gewesen war, mischte sich unter sie, bis er seinen Argwohn durch die Tat bestätigt sah. Oh, es war eine reizende Geschichte mit Randolph Waters. Als Otoo es mir zuerst erzählte, konnte ich es nicht glauben; als ich es aber zu Hause Waters vorhielt, gab er alles ohne einen Muck zu und verschwand mit dem ersten Dampfer nach Oakland.

Anfänglich, das gestehe ich offen, nahm ich es Otoo übel, daß er seine Nase in meine Angelegenheiten steckte. Aber ich wußte, daß er ganz selbstlos war, und bald lernte ich seine Klugheit und Diskretion schätzen. Er hielt die Augen stets zu meinem Besten offen, und er sah scharf und weit. Allmählich wurde er mein Berater, bis er schließlich meine Geschäfte besser kannte, als ich selber. Ich besaß die großartige Unbekümmertheit der Jugend und zog das Erlebnis dem Dollar, das Abenteuer dem behaglichen Quartier vor. So war es gut, daß ich jemanden hatte, der auf mich achtete. Ich weiß, daß ich ohne Otoo heute nicht hier sein würde.

Von den vielen Beispielen will ich eines erzählen. Ich besaß einige Erfahrung im Werben von Arbeitern, ehe ich Perlenhändler in Paumotu wurde. Otoo und ich waren auf Samoa gestrandet – wir waren wirklich gestrandet und saßen bös auf dem Trockenen –, als das Glück mir eine Stellung als Arbeiterwerber auf einer Brigg in den Schoß warf. Otoo heuerte als einfacher Matrose, und für das nächste halbe Dutzend Jahre trieben wir uns auf vielen Schiffen in den wildesten Teilen von Melanesien herum. Otoo sorgte dafür, daß er stets am Schlagriemen meines Bootes saß. Nach unsrer Gewohnheit beim Werben von Kulis wurde der Werber stets an Land gesetzt. Das Begleitboot lag unter Riemen einige hundert Fuß vom Lande ab, während sich das Werberboot, ebenfalls unter Riemen, hart am Strande hielt. Wenn ich mit meiner Ware landete und meinen Platz am Steuerruder verließ, so stand Otoo von seinem Platze auf und ging ans Achterende, wo unter einem Stück Segelleinen eine Winchesterbüchse bereitlag. Die Bootsmannschaft war auch bewaffnet, und ihre Snidergewehre lagen unter Segeltuch versteckt am Schandeckel entlang. Während ich auf die wollköpfigen Kannibalen einsprach und sie zu überreden suchte, auf den Plantagen von Queensland zu arbeiten, hielt Otoo Wache. Und oft genug warnte seine leise Stimme mich vor verdächtigen Bewegungen und drohender Verräterei. Oft war ein schneller Schuß aus seiner Büchse, der einen Neger niederstreckte, die erste Warnung, die ich erhielt. Und wenn ich zum Boot eilte, war seine Hand stets ausgestreckt, um mich in einem Sprung hineinzuziehen. Einmal, entsinne ich mich, waren wir gerade auf Santa Anna gelandet, als der Aufruhr begann. Das Begleitboot kam uns in aller Eile zu Hilfe, aber die Scharen von Wilden hätten uns erledigt, ehe es ankam. Mit einem Satze sprang Otoo an Land, fuhr mit beiden Händen in die Waren und streute Tabak, Perlen, Tomahawks, Messer und Kaliko nach allen Seiten.

Das war zuviel für die Wollköpfe. Während sie sich um die Schätze rissen, wurde das Boot flottgemacht, und wir waren an Bord und vierzig Ellen fort. Und vier Stunden später hatte ich am selben Strand dreißig Arbeiter geworben.

Aber der Fall, an den ich eigentlich denke, ereignete sich auf Malaita, der wildesten unter den östlichen Salomoninseln. Die Eingeborenen waren merkwürdig freundlich gewesen, und wie konnten wir wissen, daß das ganze Dorf seit über zwei Jahren eine Sammlung veranstaltete, um den Kopf eines weißen Mannes zu erwerben? Die Banditen sind alle Kopfjäger und legen besonderen Wert auf den Kopf eines weißen Mannes. Der Bursche, der den Kopf brachte, sollte den ganzen Ertrag der Sammlung erhalten. Wie gesagt, zeigten sie sich sehr freundlich, und ich war an diesem Tage, volle hundert Ellen vom Boot entfernt, auf dem Lande. Otoo hatte mich gewarnt, und wie gewöhnlich, wenn ich nicht auf ihn hörte, kam ich zu Schaden. Ehe ich es wußte, prasselte eine Wolke von Speeren aus einem Mangrovensumpf auf mich herab. Mindestens ein Dutzend trafen mich. Ich begann zu laufen, stolperte aber über einen, der in meiner Wade steckte, und fiel hin. Die Wollköpfe kamen auf mich los, jeder mit einem langstieligen, breitschneidigen Tomahawk, um mir den Kopf abzuschlagen. Sie waren so gierig nach dem Preise, daß sie einander in den Weg liefen. In der Verwirrung entging ich mehreren Hieben, indem ich mich im Sande nach rechts und nach links wälzte.

Da kam Otoo–Otoo, und er ging drauflos. Irgendwie war er zu einer schweren Schlachtkeule gekommen, und im Nahkampf war das eine viel wirksamere Waffe als eine Flinte. Er war mitten im Handgemenge, so daß sie ihre Speere nicht gegen ihn gebrauchen konnten, und ihre Äxte schienen wirkungslos zu sein. Otoo kämpfte für mich, und er schien von einer wahren Raserei ergriffen. Die Art, wie er seine Keule handhabte, war erstaunlich. Hirnschalen wurden zerquetscht wie überreife Apfelsinen. Erst als er die Feinde verjagt, mich in seinen Armen aufgefangen hatte und zu laufen anfing, erhielt er die erste Wunde. Er erreichte das Boot mit vier Speerstichen, ergriff seine Winchesterbüchse und traf mit jedem Schuß einen Mann. Dann ruderten wir zum Schoner und dachten an unsere Wunden.

Siebzehn Jahre waren wir zusammen. Er machte mich zu dem, was ich bin. Ich wäre heute Superkargo, Arbeiterwerber oder tot, wenn er nicht gewesen wäre.

»Du gibst dein Geld aus, und dann gehst du hin und verdienst mehr«, sagte er eines Tages. »Jetzt ist es leicht, Geld zu verdienen. Wenn du aber alt bist, hast du dein Geld ausgegeben und bist nicht imstande, neues zu verdienen. Ich kenne das, Herr. Ich habe die weißen Männer beobachtet. An den Küsten leben viele weiße Männer, die einmal jung waren und Geld verdienen konnten wie du jetzt, jetzt sind sie alt, haben nichts und warten darauf, daß die jungen Männer an Land kommen und ihnen Getränke abkaufen.

Der Schwarze ist Sklave auf den Plantagen. Er erhält zwanzig Dollar jährlich. Er arbeitet schwer. Der Europäer arbeitet nicht schwer. Er sitzt zu Pferde und beaufsichtigt die Kulis bei der Arbeit. Er erhält zwölfhundert Dollar jährlich. Ich bin Matrose auf dem Schoner. Ich erhalte fünfzehn Dollar im Monat, weil ich ein guter Matrose bin. Ich arbeite schwer. Der Kapitän hat ein doppeltes Sonnensegel und trinkt Bier aus großen Flaschen. Ich habe ihn nie ein Tau schleppen oder rudern sehen. Er erhält hundertundfünfzig Dollar im Monat. Ich bin Matrose. Er ist Schiffsführer. Herr, ich glaube, es wäre sehr gut für dich, wenn du Schiffe führen lerntest.«

Otoo spornte mich an. Er fuhr mit mir als zweiter Steuermann auf meinem ersten Schoner, und er war stolzer auf mein Kommando, als ich selber. Später hieß es:

»Der Kapitän wird gut bezahlt, Herr; aber das Schiff ist ihm anvertraut, und er hat stets die ganze Bürde zu tragen. Der Eigentümer wird besser bezahlt – der Eigentümer, der an Land sitzt, viele Dienstboten hat und sein Geld zählt.«

»Allerdings, aber ein Schoner kostet fünftausend Dollar – noch dazu ein alter Schoner«, warf ich ein. »Bis ich fünftausend Dollar gespart habe, bin ich ein alter Mann.«

»Es gibt schnelle Wege für weiße Männer, um Geld zu verdienen«, fuhr er fort und zeigte auf den von Kokospalmen umsäumten Strand.

Wir befanden uns damals auf den Salomoninseln und sammelten eine Ladung von Steinnüssen an der Ostküste von Guadalcanar.

»Zwischen dieser Flußmündung und der nächsten sind zwei Meilen«, sagte er. »Das flache Land erstreckt sich weit einwärts. Jetzt ist es nichts wert. Nächstes Jahr – wer weiß? – oder das Jahr darauf wird man viel Geld für das Land bezahlen. Der Ankergrund ist gut. Große Dampfer können dicht an Land liegen. Du kannst das Land hier vier Meilen tief von dem alten Häuptling für zehntausend Stück Tabak, zehn Flaschen Schnaps und ein Snidergewehr kaufen, was dich vielleicht hundert Dollar kostet. Dann schließt du einen Vertrag mit dem Kommissionär, und nächstes Jahr oder das Jahr darauf verkaufst du und wirst Besitzer eines Schiffes.«

Ich befolgte seinen Rat, und seine Worte gingen in Erfüllung, allerdings erst in drei statt in zwei Jahren. Darauf pachtete ich die Weiden auf Guadalcanar, zwanzigtausend Morgen, auf neunundneunzig Jahre für eine ganz minimale Summe von der Regierung. Ich hatte den Pachtvertrag genau neunzig Tage, als ich ihn für ein halbes Vermögen an eine Gesellschaft verkaufte. Stets war es Otoo, der vorausschauend die günstigen Gelegenheiten sah. Er war es auch, der auf den Gedanken kam, die ›Doncaster‹ zu bergen, die ich auf der Auktion für hundert Pfund kaufte, und die mir dreitausend netto einbrachte. Er veranlaßte mich zum Kauf der Hawaiplantagen und zu dem Kakaounternehmen auf Upolo.

Wir fuhren nicht mehr soviel zur See wie in alten Tagen. Ich hatte es nicht mehr nötig. Ich heiratete, und meine Lebenshaltung hob sich auf einen andern Fuß. Aber Otoo blieb der Alte, ging im Hause herum oder schweifte durch das Kontor, die Holzpfeife im Munde, ein Schurzfell für einen Schilling auf dem Rücken und einen Lava-Lava für vier Schilling um die Lenden. Ich konnte ihn nicht dazu bringen, Geld auszugeben. Bezahlung gab es nicht für ihn außer Liebe, und Gott weiß, daß er die von uns allen in reichem Maße empfing. Die Kinder verehrten ihn, und wenn er sich hätte verziehen lassen, so würde meine Frau ihn sicher verdorben haben.

Die Kinder! Er war es wirklich, der ihnen den Weg ins praktische Leben bahnte. Zuerst brachte er ihnen das Laufen bei. Er wachte an ihrem Bett, wenn sie krank waren. Sobald sie auf den Füßen stehen konnten, nahm er sie eines nach dem andern mit zur Lagune hinunter und machte sie zu Amphibien. Mehr, als ich je davon gewußt hatte, lehrte er sie: die Gewohnheiten der Fische und die Arten, sie zu fangen. Ebenso im Busch. Mit sieben Jahren verstand Tom mehr von der Jagd, als ich mir je hatte träumen lassen. Als Mary sechs Jahre alt war, ging sie, ohne zu schaudern, über den Sliding Rock, und ich habe starke Männer davor zittern sehen. Und als Frank eben sechs war, konnte er tauchen und Schillingstücke aus drei Faden Tiefe heraufholen. »Die Meinen auf Bora Bora lieben die Heiden nicht – sie alle sind Christen, und ich liebe die Christen auf Bora Bora nicht«, sagte er eines Tages, als ich ihn dazu bringen wollte, etwas von dem Gelde auszugeben, das ihm rechtmäßig gehörte, und in dieser Absicht versuchte, ihn zu einem Besuch seiner Insel mit einem unsrer Schoner zu überreden – eine besonders zu dem Zweck gedachte Reise, von der ich erhofft hatte, daß sie in bezug auf verschwenderische Ausgaben bahnbrechend sein sollte.

Ich sage: einer von unsern Schonern, obgleich sie gesetzlich damals mein Eigentum waren. Ich hatte lange mit ihm zu kämpfen, ehe er mein Kompagnon wurde.

»Kompagnons sind wir gewesen seit dem Tage, als die ›Petite Jeanne‹ unterging«, sagte er schließlich. »Wenn es aber dein Herzenswunsch ist, so wollen wir Kompagnons nach dem Gesetz werden. Ich arbeite nicht viel und brauche doch eine Menge Geld. Ich trinke, esse und rauche eine Masse – das kostet viel, ich weiß es. Ich bezahle nichts für mein Billardspiel, denn ich spiele auf deinem Billard, und doch geht das Geld drauf. Das Fischen auf dem Riff ist ein Vergnügen, das sich nur ein reicher Mann leisten kann. Es ist unglaublich, was die Haken und die Leinen kosten. Ja, es ist nötig, daß wir Kompagnons nach dem Gesetz werden. Ich brauche Geld. Ich lasse es mir vom Kassierer im Kontor geben.«

So wurde denn der Vertrag aufgesetzt und beglaubigt. Ein Jahr darauf war ich genötigt, mich zu beklagen.

»Charley,« sagte ich, »du bist ein alter Bösewicht ein gräßlicher Geizhals, eine elende Landratte. Sieh mal, dein Gewinnanteil für dieses Jahr beträgt Tausende von Dollars. Der Kassierer hat mir diesen Zettel gegeben. Der besagt, daß du dieses Jahr achtundsiebzig Dollar und zwanzig Cent erhoben hast.«

»Hab' ich noch etwas zugute?« fragte er ängstlich.

»Ich sag' dir ja, Tausende und aber Tausende«, antwortete ich.

Seine Miene erhellte sich, wie von einer ungeheuren Erleichterung.

»Gut«, sagte er. »Sorge nur dafür, daß der Kassierer richtig Buch darüber führt. Wenn ich es brauche, hebe ich es ab, und dann darf kein Cent daran fehlen.«

»Wenn etwas fehlt,« fügte er nach einer Pause grimmig hinzu, »muß es dem Kassierer vom Gehalt abgezogen werden.«

Und die ganze Zeit lag, wie ich später erfuhr, sein vom Notar ausgefertigtes Testament, das mich zum alleinigen Erben einsetzte, im Geldschrank des amerikanischen Konsuls.

Doch das Ende kam, wie das Ende jeder menschlichen Vereinigung kommen muß. Es kam auf den Salomoninseln, wo wir unsre heißeste Arbeit in unsern heißen Jugendtagen geleistet hatten, und wo wir uns wieder einmal aufhielten – hauptsächlich auf Ferien, nebenbei, um nach unsern Besitzungen auf der Floridainsel zu sehen und die Möglichkeiten für Perlenfischerei im Mbolisund zu erforschen. Wir lagen vor Sabo, das wir angelaufen hatten, um Kuriositäten zu kaufen.

Nun wimmelt Sabo von Haien. Die Gewohnheit der Wollköpfe, ihre Toten im Meer zu bestatten, konnte die Haie nicht davon abhalten, die umliegenden Gewässer zu ihrem Tummelplatz zu machen. Mein Geschick ließ das schmale, überfüllte Eingeborenenkanu, das mich an Bord brachte, kentern. Vier Wollköpfe und ich selber waren darin, oder richtiger, hingen daran. Der Schoner war an hundert Ellen entfernt. Ich wollte gerade ein Boot anrufen, als einer der Wollköpfe zu schreien begann. Er hielt sich am Ende des Kanus fest, wurde aber mit diesem mehrmals unter Wasser gezogen. Dann ließ er los und verschwand. Ein Hai hatte ihn gepackt.

Die übriggebliebenen drei Neger versuchten, auf den Boden des Kanus zu klettern. Ich schrie und fluchte und schlug mit der Faust nach dem nächsten, aber es half nichts. Blinder Schrecken hatte sie erfaßt. Das Kanu hätte kaum einen von ihnen tragen können. Unter dem Gewicht der drei richtete es sich auf und rollte seitwärts, so daß sie wieder ins Wasser geschleudert wurden.

Ich ließ das Kanu los und schwamm auf den Schoner zu, in der Erwartung, noch ehe ich ihn erreicht hatte, von dem Boote aufgenommen zu werden. Einer der Neger entschloß sich, mir zu folgen, und wir schwammen schweigend Seite an Seite, indem wir von Zeit zu Zeit das Gesicht ins Wasser steckten und nach Haien ausspähten. Die Schreie des einen Mannes, der beim Kanu geblieben war, zeigten uns an, daß er gefaßt war. Ich blickte ins Wasser und sah einen großen Hai dicht neben mir. Er war volle vierzehn Fuß lang. Ich sah alles. Er packte den Wollkopf um den Leib, und weg fuhr er, der arme Teufel, mit herzzerreißendem Geschrei, während Kopf, Schultern und Arme immer noch über Wasser zu sehen waren. So wurde er mehrere hundert Fuß weit fortgeschleppt, bis er unter der Oberfläche verschwand. Ich schwamm unablässig weiter, in der Hoffnung, daß das der letzte Hai wäre. Aber da sah ich noch einen. Ob es einer von denen war, die vorher die Eingeborenen angegriffen hatten, oder ob er anderswo eine gute Mahlzeit gehalten hatte, weiß ich nicht. Jedenfalls hatte er nicht solche Eile wie die andern. Ich konnte jetzt nicht so schnell schwimmen wie vorher, denn einen großen Teil meiner Anstrengungen mußte ich seiner Beobachtung widmen. Ich sah, wie er auch schon seinen ersten Angriff machte. Zum Glück konnte ich ihn mit beiden Händen an der Schnauze packen, und obgleich er mich fast unter Wasser stieß, konnte ich ihn doch abhalten. Er drehte ab und begann mich zu umkreisen. Ein zweites Mal entging ich ihm durch dasselbe Manöver. Der dritte Angriff endete beiderseits mit einem Fehlschlag. Er gierte in dem Augenblick, als meine Hände auf seiner Nase landen sollten, aber seine Sandpapierhaut (ich trug eine ärmellose Unterjacke) schrabte mir die Haut vom Ellbogen bis zur Schulter ab.

Jetzt hatte ich ausgespielt und gab die Hoffnung auf. Der Schoner war noch dreihundert Fuß entfernt. Ich lag mit dem Gesicht auf dem Wasser und erwartete einen neuen Angriff, als ich einen braunen Körper zwischen uns gleiten sah. Es war Otoo.

»Schwimm nach dem Schoner, Herr!« sagte er, und seine Stimme klang so munter, als sei die Sache ein lustiger Streich. »Ich kenne die Haie. Der Hai ist mein Bruder.«

Ich gehorchte ihm und schwamm langsam weiter, während Otoo mich umkreiste, so daß er immer zwischen mir und dem Hai war. So vereitelte er dessen Angriffe und ermutigte mich.

»Die Davittaljen sind weg, und nun läßt man das Fallreep herunter «,erklärte er mir etwa eine Minute später und tauchte dann unter, um einen neuen Angriff zu parieren.

Als der Schoner noch dreißig Fuß entfernt war, war ich ziemlich fertig. Ich konnte mich kaum noch rühren. Von Bord aus warf man uns Leinen zu, aber sie fielen immer zu kurz. Ais der Hai merkte, daß ihm nichts geschah, wurde er dreister. Mehrere Male hätte er mich fast erwischt, über stets kam Otoo gerade im letzten Augenblick dazwischen. Natürlich hätte Otoo sich leicht in Sicherheit bringen können, aber er wich nicht von meiner Seite.

»Leb' wohl, Charley! Mit mir ist es aus!« konnte ich eben noch hauchen.

Ich merkte, daß das Ende gekommen war und daß ich im nächsten Augenblick die Hände hochwerfen und sinken würde.

Aber Otoo lachte mich an und sagte:

»Jetzt will ich dir etwas Neues zeigen. Ich will den Hai tüchtig anführen.«

Er tauchte hinter mir, während sich der Hai zu einem neuen Angriff auf mich vorbereitete.

»Etwas mehr links!« rief er gleich darauf. »Da ist eine Leine. Links, Herr – links!«

Ich wechselte die Richtung und streckte blindlings die Hand aus. Ich war kaum noch bei Besinnung. Als ich die Leine faßte, hörte ich an Bord einen Ausruf. Ich drehte mich um. Von Otoo war keine Spur zu sehen. Im nächsten Augenblick kam er an die Oberfläche. Beide Hände waren an den Gelenken abgebissen, und das Blut spritzte aus den Stümpfen. »Otoo!« rief er sanft. Und ich konnte in seinem Blick die Liebe sehen, die in seiner Stimme zitterte. Jetzt, erst jetzt, am

Ende all der Jahre, die wir zusammen verlebt hatten, nannte er mich bei diesem Namen.

»Leb' wohl, Otoo!« rief er.

Dann wurde er unter Wasser gezogen, und mich heißten sie an Bord, wo ich in den Armen des Kapitäns ohnmächtig wurde.

Und so starb Otoo, der mir das Leben gerettet und mich zu einem Manne gemacht hatte und mir nun zum Schluß wieder das Leben rettete. – Ein Orkan bat uns zusammengeführt, ein Hai trennte uns, und dazwischen lagen siebzehn Jahre einer Kameradschaft, von der ich sagen darf, daß sie nie ihresgleichen zwischen zwei Menschen gefunden hat, von denen der eine braun und der andre weiß war. Wenn Gott von seiner hohen Warte aus auf jeden Sperling achtet, der vom Dache fällt, so wird Otoo, der einzige Heide von Bora Bora, nicht der Geringste in seinem Reiche sein.

Die furchtbaren Salomoninseln

Es läßt sich nicht leugnen, daß die Salomoninseln eine unzugängliche Inselgruppe sind. Anderseits gibt es noch schlimmere Stellen auf der Welt. Aber dem Neuling, der keinerlei angeborenes Verständnis für Menschen und das Leben im Urzustand hat, mögen die Salomoninseln in der Tat furchtbar erscheinen. Es ist wahr, daß Fieber und Ruhr ständig dort umgehen, daß Überfluß an ekelhaften Hautkrankheiten herrscht, daß die Luft von einem Gift gesättigt ist, das sich in jede Pore, jede Schnittwunde, jeden Hautriß einfrißt und bösartige Geschwüre verursacht, und daß viele starke Männer, selbst wenn sie dem Tode dort entgangen sind, als Invaliden in die Heimat zurückkehren. Es ist ferner wahr, daß die Eingeborenen der Salomoninseln eine wilde Horde mit herzhaftem Appetit auf Menschenfleisch und einer Liebhaberei für das Sammeln von Menschenköpfen sind. Ihr leidenschaftlichster Sport ist es, einen Menschen von hinten zu fangen und ihm durch einen geschickten Streich mit dem Tomahawk die Wirbelsäule vom Gehirn zu trennen. Es ist ebenfalls wahr, daß auf manchen Inseln, wie zum Beispiel Malaita, Gewinn und Verlust im wirtschaftlichen Verkehr nach Menschenmorden berechnet wird. Köpfe gelten als Tauschmittel, und besonders wertvoll sind weiße Köpfe. Oft veranstaltet ein Dutzend Dörfer eine gemeinsame Sammlung, die monatelang fortgesetzt wird, bis irgendein tapferer Krieger den blutigen Kopf eines weißen Mannes bringt und den Ertrag der Sammlung fordert.

Alles dies ist durchaus wahr, und doch gibt es Männer, die jahrelang auf den Salomoninseln lebten und Heimweh spürten, wenn sie sie verließen. Man muß nur vorsichtig – und glücklich – sein, um lange Zeit dort leben zu können; aber man muß auch vom rechten Schlage sein. Man muß den Stempel des unvermeidlichen weißen Mannes tragen. Man muß eben unvermeidlich sein. Man muß eine gewisse Unbekümmertheit der Übermacht gegenüber haben, eine gewisse Selbstzufriedenheit und einen Rassenegoismus, der einem die Überzeugung beibringt, daß ein Weißer an Wochentagen besser ist als tausend Neger, und daß er Sonntags zweitausend Schwarze aussticht. Denn das ist es, was den weißen Mann unvermeidlich gemacht hat. Oh, und noch etwas: Der weiße Mann, der unvermeidlich zu sein wünscht, muß nicht nur die niedrigeren Arten verachten und groß von sich selber denken, er darf auch keine zu bedeutende Einbildungskraft besitzen. Er darf die Gewohnheiten, Instinkte und die Denkweise der Schwarzen, Gelben und Braunen nicht zu gut verstehen; denn das ist nicht die Art, der die weiße Rasse ihren Siegeszug um die Welt verdankt.

Bertie Arkwright war nicht unvermeidlich. Er war zu sensitiv, zu zart besaitet, und besaß zuviel Einbildungskraft. Er war zu sehr an die Welt gebunden. Er paßte sich seiner Umgebung mit zu großem Feingefühl an. Daher waren die Salomoninseln der letzte Ort der Welt, wohin er hätte kommen dürfen. Er kam nicht dorthin, um zu bleiben. Einen fünfwöchigen Aufenthalt zwischen zwei Dampfern hielt er für genügend, um dem Ruf nach dem Primitiven zu genügen, den er auf den Saiten seiner Seele tönen hörte. So erzählte er wenigstens den Touristinnen an Bord der ›Makembo‹, wenn auch mit andern Worten, und sie verehrten ihn als Helden, denn sie waren Frauen und kannten nur das Dampferdeck, während er sich mühsam seinen Weg durch die Salomoninseln bahnen wollte.

Es war noch ein Mann an Bord, von dem die Damen jedoch keine Notiz nahmen. Das war ein kleiner, schrumpeliger Mann mit welker, mahagonifarbener Haut. Sein auf der Passagierliste vermerkter Name tut nichts zur Sache, aber seinen andern Namen, Kapitän Malu, gebrauchten die Neger von Neuhannover bis zu den Neuen Hebriden als Zauberformel und Kinderschreck. Wilde Menschen und Länder waren sein Fall, und unter Fieber und Beschwerden, bei dem Knall von Snidergewehren und der Peitsche des Aufsehers hatte er fünf Millionen in Form von Trepang, Sandelholz, Perlmutter und Schildpatt, Steinnüssen und Kopra, Weiden, Faktoreien und Plantagen zusammengescharrt. Kapitän Malus kleiner Finger, der gebrochen war, hatte mehr Unvermeidlichkeit in sich als Bertie Arkwrights ganzes Gerippe. Aber die Damen konnten ja nur nach dem Äußeren urteilen, und ohne Zweifel war Bertie ein ansehnlicher Mann.

Bertie unterhielt sich mit Kapitän Malu im Rauchzimmer und vertraute ihm seine Absicht an, das rote, blutige Leben auf den Salomoninseln zu sehen. Kapitän Malu gab zu, daß diese Absicht ehrgeizig und ehrenwert war. Erst einige Tage später begann er sich für Bertie zu interessieren, als der junge Abenteurer ihm eine automatische 44-Millimeter-Pistole zeigte. Bertie zeigte den Mechanismus und erklärte ihn, indem er ein geladenes Magazin auf den hohlen Kolben setzte.

»Es ist ganz einfach«, sagte er. Er ließ den äußeren Lauf am inneren entlanggleiten. »Sie ladet und spannt sich selbst, sehen Sie. Und dann brauche ich nur am Abzug zu ziehen, achtmal, so schnell, wie ich den Finger krümmen kann. Sehen Sie, hier ist die Sicherung. Die ist das Beste daran. Sie ist ganz zuverlässig. Das reine Kinderspiel.« Er nahm das Magazin heraus. »Sie sehen, wie zuverlässig.«

Er hielt sie in der Hand, die Mündung gerade auf Kapitän Malus Magen gerichtet. Kapitän Malus blaue Augen betrachteten sie unerschütterlich.

»Hätten Sie etwas dagegen, sie anderswohin zu richten?« fragte er.

»Sie ist ganz sicher«, behauptete Bertie. »Ich habe das Magazin herausgenommen. Sie ist jetzt nicht geladen, verstehen Sie.«

»Eine Schußwaffe ist immer geladen.«

»Diese aber nicht.«

»Drehen Sie sie doch lieber weg.«

Kapitän Malus Stimme war eintönig, metallisch und leise, aber sein Auge verließ die Mündung nicht, solange sie auf ihn zielte.

»Ich wette fünf Pfund, daß sie nicht geladen ist«, schlug Bertie eifrig vor.

Der andre schüttelte den Kopf.

»Ich werde es Ihnen zeigen.«

Bertie setzte die Mündung an seine eigene Schläfe mit der offenbaren Absicht, loszudrücken.

»Einen Augenblick«, sagte Kapitän Malu ruhig und streckte die Hand aus. »Lassen Sie mich sehen.«

Er zielte auf die See und zog am Abzug. Eine schwere Entladung folgte zugleich mit dem scharfen Schlag des Mechanismus, der eine heiße, rauchende Patronenhülse seitwärts auf das Deck schleuderte. Berties Mund öffnete sich staunend.

»Ich habe den Lauf zurückgezogen, nicht?« erklärte er. »Das war dumm von mir, muß ich sagen.«

Er kicherte matt und ließ sich in einen Liegestuhl fallen. Das Blut war aus seinem Gesicht gewichen und hinterließ dunkle Ringe unter den Augen. Seine Hand zitterte und war unfähig, die Zigarette an die Lippen zu führen. Er war zu sehr an die Welt gebunden und sah sich mit tröpfelndem Gehirn auf dem Deck hingestreckt.

»Wirklich,« sagte er, »wirklich.«

Der Kommissar, der sich auf der Rückreise von Sydney befand, war an Bord der ›Makembo‹, und mit seiner Erlaubnis machte man bei Ugi halt, um einen Missionar an Land zu setzen. Und bei Ugi lag die Jacht ›Arla‹, Schiffer Kapitän Hansen. Nun war die ›Arla‹ eines von den vielen Schiffen, die Kapitän Malu gehörten, und auf seinen Vorschlag und auf seine Einladung kam Bertie als Gast an Bord der ›Arla‹, um eine viertägige Werbekreuzfahrt an der Küste von Malaita entlang mitzumachen.

Darauf sollte die ›Arla‹ ihn bei der – ebenfalls Kapitän Malu gehörenden – Reminge-Plantage absetzen, wo Bertie eine Woche bleiben konnte, und dann wollte er nach Tulagi, dem Sitze der Regierung, fahren, wo er der Gast des Kommissars sein sollte.

Kapitän Malu zeichnete noch verantwortlich für zwei weitere Vorschläge, und nachdem er sie gemacht hat, verschwindet er aus dieser Erzählung. Der eine wurde Kapitän Hansen, der andre Mr. Harriwell, dem Verwalter der Reminge-Plantage, gemacht.

Beide hatten den gleichen Wortlaut, nämlich: Mr. Bertie Arkwright einen Einblick in das rauhe, blutige Leben auf den Salomoninseln zu verschaffen. Und einem Gerücht zufolge soll Kapitän Malu noch erwähnt haben, daß eine Kiste Whisky fällig sein würde, wenn Mr. Arkwright einen besonders prachtvollen Einblick erhielte.

+++

Ja, Swartz war immer zu dickköpfig. Denken Sie, er nahm vier von seiner Bootsmannschaft mit nach Tulagi, um sie auspeitschen zu lassen – offiziell, wissen Sie –, und fuhr dann im Walboot mit ihnen zurück. Es war etwas stürmisch, und das Boot kenterte gerade vor der Einfahrt. Swartz war der einzige, der ertrank. Natürlich war es ein Unfall.«

»Ein Unfall? Wirklich?« fragte Bertie, der nur halb zuhörte, denn er guckte nach dem Schwarzen am Steuerruder.

Man hatte Ugi verlassen, und die ›Arla‹ glitt durch die sommerliche See den bewaldeten Hängen von Malaita zu. Der Rudergast, der Berties Aufmerksamkeit derart auf sich zog, hatte sich einen Pennynagel wie einen Speiler durch die Nase gesteckt. Um den Hals trug er eine Schnur von Hosenknöpfen. Durch Löcher in den Ohren waren ein Dosenöffner, der abgebrochene Stiel einer Zahnbürste, eine Tonpfeife, das Messingrad einer Weckuhr und mehrere Patronenhülsen gesteckt. Auf der Brust hing vom Halse herab die Hälfte eines Porzellantellers. Einige vierzig, ähnlich herausgeputzte Schwarze lagen auf Deck umher, fünfzehn davon gehörten zur Besatzung des Bootes, die übrigen waren frisch geworbene Arbeiter.

»Natürlich war es ein Unfall«, nahm der Steuermann der ›Arla‹, Jacobs, ein schlanker Mann mit dunklen Augen, der mehr nach einem Professor als nach einem Seemann aussah, das Wort. »Johnny Bedip hätte fast denselben Unfall erlitten. Er brachte mehrere Leute vom Auspeitschen zurück, als sie kenterten. Aber er konnte wohl ebenso gut schwimmen wie sie, und zwei von ihnen ertranken. Er gebrauchte eine Bootsbank und seinen Revolver. Natürlich war es ein Unfall.«

»Sie sind ganz alltäglich, diese Unglücksfälle«, bemerkte der Schiffer. »Sehen Sie diesen Mann am Steuerruder, Mr. Arkwright? Er ist Menschenfresser. Vor sechs Monaten haben er und der Rest der Besatzung den Kapitän der ›Arla‹ ertränkt. Auf Deck, gerade hier beim Besanring.«

»Das Deck befand sich in einem furchtbaren Zustande«, sagte der Steuermann.

»Verstehe ich recht – –?« begann Bertie.

»Ja, ganz recht«, sagte Kapitän Hansen. »Es war ein Unglücksfall.«

»Aber auf Deck – –«

»Eben. Ich will Ihnen übrigens sagen, ganz im Vertrauen natürlich, daß sie eine Axt benutzten.«

»Ihre jetzige Mannschaft?«

Kapitän Hansen nickte.

»Der frühere Schiffer war immer zu sorglos«, erklärte der Steuermann. »Er kehrte ihnen gerade den Rücken, als sie es taten.«

»Für uns ist hier nichts zu holen«, klagte der Kapitän. »Die Regierung schützt immer den Nigger vor dem Weißen. Man kann nicht den ersten Schuß tun. Man muß den Nigger zuerst schießen lassen, sonst nennt die Regierung es Mord, und man kommt nach Fidschi. Deswegen gibt es so viele Unfälle durch Ertrinken.«

Es wurde zum Essen gerufen, und Bertie ging mit dem Schiffer nach unten, während der Steuermann als Wache an Deck blieb.

»Halten Sie ein Auge auf diesen schwarzen Teufel Auiki«, warnte der Schiffer im Weggehen. »Er gefällt mir schon seit einigen Tagen nicht.«

»Schön«, sagte der Steuermann.

Sie waren mitten im Essen, und der Schiffer erzählte gerade seine Geschichte vom Untergang der ›Scottish Chiefs‹.

»Ja,« sagte er, »es war das schönste Fahrzeug hier an der Küste. Als sie aber dem Steuer nicht gehorchte, waren die Kanus schon über ihr, noch ehe sie auf das Riff stieß. Es waren fünf Weiße und eine Besatzung von zwanzig Leuten aus Santa Cruz und Samoa an Bord, aber nur der Superkargo entkam. Außerdem waren sechzig schwarze Arbeiter auf dem Schiffe. Sie wurden alle kai-kait. Kai-kai? O Verzeihung. Ich meine, sie wurden gefressen. Und dann die ›James Edwards‹, ein Kutter – –« In diesem Augenblick ertönte jedoch an Deck ein scharfer Fluch des Steuermanns, dem ein Chor wilder

Schreie folgte. Ein Revolver knallte dreimal, und dann hörte man, wie ein schwerer Gegenstand klatschend ins Wasser fiel.

Kapitän Hansen war sofort die Kajütstreppe hinaufgesprungen, und Bertie sah eben noch, wie er im Hinaufspringen einen Revolver zog. Bertie folgte ihm vorsichtig und steckte zögernd den Kopf durch die Kajütenluke. Aber nichts geschah.

Der Steuermann stand aufgeregt, mit dem Revolver in der Hand, da. Einmal fuhr er zusammen und drehte sich schnell halb um, als ob ihm Gefahr im Rücken drohe. »Einer der Eingeborenen ist über Bord gefallen«, sagte er mit seltsam verbissener Stimme. »Er konnte nicht schwimmen.«

»Wer?« fragte der Schiffer.

»Auiki«, lautete die Antwort.

»Aber ich hörte doch schießen«, sagte Bertie, vor Kühnheit zitternd, denn er spürte ein Abenteuer, und noch dazu ein Abenteuer, das glücklich überstanden war.

Der Steuermann wandte sich nach ihm um und knurrte: »Das ist eine verfluchte Lüge. Kein Schuß ist gefallen. Der Nigger ist über Bord gefallen.«

Kapitän Hansen sah Bertie mit starren, glanzlosen Augen an.

»Ich – ich dachte – –«, begann Bertie.

»Schießen?« sagte Kapitän Hansen verträumt. »Schießen? Haben Sie einen Schuß gehört, Mr. Jacobs?«

»Nicht die Spur«, antwortete Mr. Jacobs.

Der Schiffer blickte seinen Gast triumphierend an und sagte: »Augenscheinlich ein Unfall. Gehen wir wieder hinunter, Mr. Arkwright, und essen wir zu Ende.«

Bertie schlief diese Nacht in der Kabine des Kapitäns, einem kleinen Staatsraum neben der Hauptkajüte. Das vordere Schott war mit einer Reihe Hinten dekoriert. Über der Koje hingen noch drei Flinten. Unter der Koje war ein großes Schubfach, das er beim Aufziehen mit Munition, Dynamit und mehreren Kisten voll Zündern gefüllt fand. Er zog es vor, auf dem gegenüberliegenden Sofa zu schlafen. Auf dem Tische war das Logbuch der ›Arla‹ auffallend zurechtgelegt. Bertie wußte nicht, daß es extra für diese Gelegenheit von

Kapitän Malu hergerichtet war, und las darin, wie am 21. September zwei Mann von der Besatzung über Bord gefallen und ertrunken waren. Bertie las zwischen den Zeilen und wußte es besser.

Er las, wie das Walboot der ›Arla‹ bei Su'u in einen Hinterhalt geraten war und drei Mann verloren hatte; wie der Schiffer entdeckte, daß der Koch Menschenfleisch auf dem Herd in der Kombüse briet – Fleisch, das von der Bootsbesatzung in Fui stammte; wie eine zufällige Entladung von Dynamit beim Signalisieren eine andre Bootsbesatzung getötet hatte; von nächtlichen Überfällen; von Häfen, aus denen man bei Tagesanbruch geflohen war; von Angriffen der Buschleute in den Mangrovesümpfen und ganzer Flotten von Salzwasserleuten in den breiteren Sunden. Mit regelmäßiger Eintönigkeit kehrte auch der Tod an der Ruhr wieder. Mit Schrecken sah er, daß auch zwei Weiße – Gäste an Bord der ›Arla‹ wie er selbst – daran gestorben waren.

»Wissen Sie,« sagte Bertie am nächsten Tage zu Kapitän Hansen, »ich habe in ihr Logbuch hineingeguckt.«

Der Schiffer heuchelte schnell Ärger darüber, daß er das Logbuch hatte herumliegen lassen.

»Und die Ruhr, nicht wahr, die ist ebenso ein Unsinn wie das zufällige Ertrinken«, fuhr Bertie fort. »Was bedeutet Ruhr in Wirklichkeit?«

Der Schiffer bewunderte offen den Scharfsinn seines Gastes, legte sich zuerst starrköpfig auf entrüstetes Leugnen und ergab sich dann auf Gnade und Ungnade.

»Sehen Sie, Mr. Arkwright, es ist so: Diese Inseln haben sowieso schon einen recht schlechten Ruf. Es wird täglich schwerer, einen Weißen anzuheuern. Nehmen Sie an, ein Mann wird ermordet. Dann muß die Gesellschaft teures Geld bezahlen, um Ersatz zu bekommen. Wenn der Mann aber nur an einer Krankheit stirbt, dann hat es nichts zu sagen. Gegen Krankheiten haben die Neuen nichts. Erst, wenn sie ermordet werden sollen, bedanken sie sich. Ich dachte, der Schiffer der ›Arla‹ wäre an der Ruhr gestorben, als ich seine Stelle einnahm. Als ich dann die Wahrheit erfuhr, war es zu spät; ich hatte den Kontrakt unterschrieben.«

»Außerdem«, fügte Mr. Jacobs hinzu, »geschehen allzu viele Unfälle durch Ertrinken. Das sieht nicht gut aus. Aber das ist Schuld der Regierung. Ein Weißer hat keine Aussicht, sich gegen Nigger zu verteidigen.«

»Ja, nehmen wir nun die ›Prinzessin‹ und den amerikanischen Steuermann«, nahm der Schiffer den Faden wieder auf. »Sie hatte fünf Weiße außer einem Regierungsagenten an Bord. Kapitän, Agent und Superkargo waren mit zwei Booten an Land. Sie wurden bis auf den letzten Mann niedergemacht. Der Steuermann und der Bootsmann befanden sich mit etwa fünfzehn Mann von der Besatzung – Leuten aus Samoa und Tonga – an Bord. Eine Bande von Niggern kam vom Lande. Ehe der Steuermann etwas Böses ahnte, waren Bootsmann und Besatzung schon tot. Der Steuermann ergriff drei Patronengürtel und zwei Winchesterbüchsen und klomm in die Dwarssalinge. Er war der einzige Überlebende, und man kann ihm keinen Vorwurf daraus machen, daß er wütend war. Er knallte mit dem einen Gewehr drauflos, bis es so heiß war, daß er es nicht mehr gebrauchen konnte, und dann feuerte er mit dem andern. Das Deck war schwarz von Niggern. Er säuberte es von ihnen. Er knallte sie nieder, als sie über die Reling sprangen, knallte sie ebenso schnell nieder, wie sie ihre Ruder fassen konnten. Und als sie dann ins Wasser sprangen und sich anschickten, an Land zu schwimmen, traf er in seiner Wut noch ein halbes Dutzend dazu. Und was bekam er dafür?«

»Sieben Jahre auf Fidschi«, fiel der Steuermann ein. »Die Regierung sagte, er sei nicht berechtigt gewesen, auf sie zu schießen, nachdem sie ins Wasser gesprungen waren«, erklärte der Schiffer.

»Und deshalb sterben sie heutzutage an der Ruhr«, fügte der Steuermann hinzu.

»Gute Idee«, sagte Bertie und sehnte sich nach dem Ende der Fahrt.

Im Laufe des Tages sprach er mit dem Schwarzen, der ihm als Menschenfresser bezeichnet war.

Der Bursche hieß Sumasai. Er hatte drei Jahre auf einer Plantage in Queensland verbracht. Er war auf Samoa gewesen, auf den Fidschiinseln und in Sydney und hatte der Besatzung eines Werbeschoners angehört, der nach Neubritannien, Neuirland, Neuguinea und den Admiralitätsinseln gefahren war. Er war ein Spaßvogel und hatte sich das Benehmen seines Schiffers zum Beispiel genommen.

Ja, er hatte viele Menschen gefressen. Wie viele? Er wußte die Zahl nicht mehr. Ja, weiße Männer auch; sie schmeckten gut, außer, wenn sie krank waren. Er hatte einmal einen Kranken gefressen. »Mein Wort!« rief er bei dem Gedanken daran. »Ich sehr viel krank. Mein Magen viel umhergehen.«

Bertie schauderte und fragte nach Köpfen. Ja, Sumasai hatte verschiedene an Land versteckt, in guter Verfassung, an der Sonne getrocknet und geräuchert. Einer hatte dem Kapitän eines Schoners gehört. Er hatte einen langen Bart. Für zwei Pfund wollte er ihn verkaufen. Die Köpfe von Schwarzen verkaufte er für ein Pfund. Er hatte einige Kinderköpfe in schlechtem Zustande, die wollte er für zehn Schilling hergeben.

Fünf Minuten später fand Bertie sich auf der Kajütentreppe neben einem Schwarzen sitzen, der eine scheußliche Hautkrankheit hatte. Er entfernte sich und erfuhr auf Befragen, daß es Lepra sei. Er eilte hinunter und wusch sich mit antiseptischer Seife. Im Laufe des Tages nahm er noch viele antiseptische Waschungen vor, denn jeder Eingeborene an Bord war mit einem oder dem andern bösartigen Geschwür behaftet.

Als die ›Arla‹ inmitten von Mangrovesümpfen vor Anker ging, wurde rings um die Reling eine doppelte Reihe Stacheldraht gezogen. Das sah recht ernst aus, und als Bertie die Kanus, mit Speeren, Bogen und Pfeilen bewaffnet, von Land kommen sah, wünschte er sehnlicher als je, daß die Fahrt zu Ende sein möchte.

An diesem Abend verließen die Eingeborenen das Schiff bei Sonnenuntergang nur zögernd. Als der Steuermann ihnen befahl, an Land zu gehen, wurden mehrere von ihnen frech.

»Ich will ihnen schon Beine machen«, sagte Kapitän Hansen und verschwand in der Kajüte.

Als er wiederkam, zeigte er Bertie ein an einem Angelhaken befestigtes Stück Dynamit. Nun kann jeder angeführt

106

werden durch eine in Papier gewickelte Medizinflasche, aus der ein harmloser Zünder herausguckt. Er führte Bertie an, und er führte die Eingeborenen an. Als Kapitän Hansen den Zünder ansteckte und den Angelhaken hinten an den Lendenschurz eines Eingeborenen hakte, wurde der von einer so glühenden Sehnsucht nach dem Lande ergriffen, daß er vergaß, den Schurz abzuwerfen.

Er stürzte sich mit dem zischenden und sprudelnden Zünder auf seiner Hinterseite über den Stacheldraht, und die andern Eingeborenen purzelten kopfüber hinterher.

Bertie war entsetzt. Und ebenso Kapitän Hansen. Er hatte nicht an seine fünfundzwanzig Arbeiter gedacht, denen er je dreißig Schilling im voraus bezahlt hatte. Sie sprangen über Bord zusammen mit den Küstenbewohnern im Gefolge des Mannes, der die zischende Medizinflasche hinter sich herschleppte.

Bertie sah die Flasche zwar nicht losgehen; da der Steuermann aber gerade in diesem Augenblick ein Stück richtiges Dynamit achtern, wo es keinen Schaden tat, abbrannte, würde Bertie vor jedem Seegericht beschworen haben, daß ein Nigger in die Luft gesprengt war.

Die Flucht der fünfundzwanzig Arbeiter hatte die ›Arla‹ wirklich vierzig Pfund gekostet, und da sie in den Busch geflohen waren, bestand keine Hoffnung, ihrer wieder habhaft zu werden.

Der Schiffer und sein Steuermann ertränkten ihren Kummer in kaltem Tee. Der kalte Tee befand sich in Whiskyflaschen, und so merkte Bertie nicht, daß es wirklich kalter Tee war, was sie tranken. Alles, was er merkte, war, daß die beiden Männer stark betrunken wurden und lange beredt darüber diskutierten, ob der explodierte Neger als Ruhrfall oder zufälliges Ertrinken gemeldet werden solle.

Als sie sich in Schlaf geschnarcht hatten, blieb er als einziger Weißer übrig und hatte bis Einbruch der Dämmerung eine gefahrvolle Wache in steter Furcht vor einem Angriffe vom Land aus oder einem Aufruhr der Besatzung.

Noch drei Tage verbrachte die ›Arla‹ an der Küste, und noch drei Tage tranken Schiffer und Steuermann kalten Tee im Übermaß und ließen Bertie die Wache halten. Sie wußten, daß sie sich in der Beziehung auf ihn verlassen konnten, und er wußte ebenso sicher, daß er Kapitän Malu von ihrer Betrunkenheit berichten würde, wenn er mit dem Leben davonkam.

Dann warf die ›Arla‹ bei der Reminge-Plantage auf Guadalcanar Anker, und Bertie ging mit sichtlicher Erleichterung an Land und begrüßte den Verwalter. Mr. Harriwell war gerüstet.

»Lassen Sie sich nicht davon beunruhigen, wenn einige von unsern Leuten einen niedergeschlagenen Eindruck machen«, sagte Mr. Harriwell, indem er ihn vertraulich beiseite zog. »Man spricht von einem Aufruhr, und ich gebe zu, daß einige verdächtige Anzeichen vorhanden sind, wenn ich persönlich auch alles für Kinderei halte.«

»Wie – wieviel Schwarze haben Sie auf der Plantage?« fragte Bertie, dem das Herz in die Hosen fiel. »Wir haben in diesem Augenblick vierhundert Arbeiter,« antwortete Mr. Harriwell munter, »aber wir vier – mit Ihnen natürlich – und der Schiffer und der Steuermann von der ›Arla‹ werden schon mit ihnen fertig werden.«

Bertie drehte sich um und stieß auf McTavish, den Ladenverwalter, der kaum wartete, bis er vorgestellt war, solche Eile hatte er, seinen Abschied bewilligt zu erhalten.

»Ich bin Familienvater, Mr. Harriwell, ich darf nicht länger bleiben. Die Meuterei bricht aus, so sicher, wie Sie Ihre Nase im Gesicht haben. Die Nigger sind im Begriff, loszubrechen, und es gibt hier eine zweite Hohono-Katastrophe.«

»Was ist Hohono-Katastrophe?« fragte Bertie, nachdem der Ladenverwalter mit Mühe überredet worden war, bis Ende des Monats zu bleiben.

»Ach, er meint die Hohono-Plantage auf Ysabel«, sagte der Verwalter. »Die Nigger töteten die fünf Weißen an Land, bemächtigten sich des Schoners, machten Kapitän und Steuermann nieder und entkamen geschlossen nach Malaita. Aber ich habe immer gesagt, daß sie auf Hohono zu sorglos waren. Hier schlafen wir nicht. Kommen Sie, Mr. Arkwright, und sehen Sie sich die Aussicht von unsrer schönen Veranda aus an.«

Bertie beschäftigte der Gedanke, wie er nach Tulagi in das Haus des Kommissars kommen könnte, zu sehr, als daß er viel von der Aussicht hätte sehen können. Er dachte noch daran, als in nächster Nähe hinter ihm ein Gewehr losging. Im selben Augenblick wurde ihm beinahe der Arm ausgerenkt, so eifrig zog Mr. Harriwell ihn in die Tür.

»Hallo, alter Freund, da fehlte nicht viel«, sagte der Verwalter und befühlte ihn, um zu sehen, ob er getroffen wäre. »Ich kann Ihnen nicht sagen, wie leid es mir tut. Aber es ist ja heller Tag, und das hätte ich mir nicht träumen lassen.«

Bertie erbleichte.

»Mit dem vorigen Verwalter machten sie es ebenso«, versicherte McTavish. »Und er war ein feiner, forscher Kerl. Sein Gehirn spritzte über die Veranda. Haben Sie den dunklen Fleck dort zwischen Treppe und Tür bemerkt?«

Bertie war reif für den Cocktail, den Mr. Harriwell brachte und ihm mischte; aber ehe er trinken konnte, trat ein Mann in Reithosen und Gamaschen ein.

»Was ist nun wieder los?« fragte der Verwalter nach einem Blick auf das Gesicht des Neugekommenen. »Ist der Fluß wieder übergetreten?«

»Ach was, der Fluß – es sind Nigger. Aus dem Schilf kam einer, keine sechs Fuß von mir, auf mich los und schoß nach mir. Es war ein Snider, und er schoß von der Hüfte aus. Ich möchte nur wissen, wie er zu dem Snider kommt. – O Verzeihung. Freut mich, Sie kennenzulernen, Mr. Arkwright.«

»Mr. Brown ist mein Assistent«, erklärte Mr. Harriwell. »Und nun wollen wir einen trinken.«

»Aber wie kommt er zu dem Snider?« beharrte Mr. Brown. »Ich war immer dagegen, daß wir diese Gewehre im Hause hatten.«

»Sie sind noch da«, sagte Mr. Harriwell mit einem Anflug von Heftigkeit.

Mr. Brown lächelte ungläubig.

»Lassen Sie uns nachsehen«, sagte der Verwalter. Bertie folgte ihnen in das Kontor, wo Mr. Harriwell triumphierend auf eine große Kiste in der dunklen Ecke zeigte.

»Ja, wo hat der Kerl dann den Snider her?« beharrte Mr. Brown.

Aber gerade in diesem Augenblick öffnete McTavish die Kiste. Der Verwalter erschrak und riß dann den Deckel ab. Die Kiste war leer. In entsetztem Schweigen starrten sie sich an. Harriwell ließ den Kopf hängen.

Dann fluchte McTavish.

»Ich hab's ja immer gesagt – den Hausdienern ist nicht zu trauen.«

»Das sieht ernst aus,« gab Mr. Harriwell zu, »aber wir werden's schon machen. Diese blutdürstigen Nigger müssen ein bißchen aufgerüttelt werden. Bitte, meine Herren, wollen Sie Ihre Flinten zum Essen mitnehmen, und wollen Sie, Mr. Brown, die Güte haben, vierzig bis fünfzig Stück Dynamit vorzubereiten? Machen Sie die Zünder recht kurz. Wir wollen ihnen eine Lehre geben. Und nun, meine Herren, bitte zum Essen.«

Ein Gericht, das Bertie verabscheute, war Reis mit Curry, und so kam es, daß er der erste war, der von einer einladenden Omelette nahm. Er hatte gerade einen Teller voll gegessen, als Harriwell sich ebenfalls von der Omelette auflegte. Er nahm einen Mundvoll, spuckte aber mit einem kräftigen Fluch wieder aus.

»Das ist das zweitemal«, verkündete McTavish bedeutungsvoll.

Harriwell räusperte sich und spuckte immer noch. »Was zum zweitenmal?« fragte Bertie mit zitternder Stimme.

»Gift«, lautete die Antwort. »Der Koch wird noch gehängt werden.«

»Auf diese Weise ist der Buchhalter auf CapeMarsh ums Leben gekommen«, fuhr Brown fort. »Schrecklicher Tod. Auf der ›Jessie‹ erzählten sie, daß man ihn drei Meilen weit schreien hörte.«

»Ich werde den Koch in Eisen legen«, sprudelte Harriwell. »Ein Glück, daß wir es rechtzeitig entdeckt haben.«

Bertie saß wie gelähmt da. Alle Farbe war aus seinem Gesicht gewichen. Er versuchte zu sprechen, brachte aber nur ein unartikuliertes Röcheln heraus. Alle sahen ihn ängstlich an.

»Sagen Sie es nicht, sagen Sie es nicht«, rief McTavish mit gespannter Stimme.

»Ja, ich habe davon gegessen, eine Menge, einen ganzen Teller voll!« rief Bertie aus wie ein Taucher, der plötzlich wieder an die Luft kommt.

Das furchtbare Schweigen währte noch eine Minute, und er las sein Schicksal in ihren Augen.

»Vielleicht ist es doch kein Gift«, sagte Harriwell trübe.

»Rufen Sie den Koch herein«, sagte Brown.

Herein kam der Koch, ein grinsender, schwarzer Bursche, die Nase von Nägeln durchbohrt und Pfropfen in den Ohren.

»Hier du, Wi-Wi, was heißt das?« brüllte Harriwell ihn an und wies anklagend auf die Omelette.

Wi-Wi tat sehr natürlich erschrocken und verlegen. »Das gute Kai-Kai«, murmelte er zu seiner Verteidigung.

»Lassen Sie es ihn essen«, schlug McTavish vor. »Das ist die beste Probe.«

Harriwell füllte einen Löffel und ging damit auf den Koch los, der in panischem Schrecken floh.

»Das sagt genug«, war Browns feierliche Verkündung. »Er wills nicht essen.«

»Mr. Brown, wollen Sie ihn bitte in Eisen legen?« Harriwell wandte sich vergnügt an Bertie: »Es ist gut, alter Freund, der Kommissar wird sich mit ihm befassen, und wenn Sie sterben, können Sie sicher sein, daß er gehängt wird.«

»Ich glaube nicht, daß die Regierung das tut«, wandte McTavish ein.

»Aber, meine Herren, meine Herren!« rief Bertie. »Denken Sie doch auch an mich.«

Harriwell zuckte mitleidig die Achseln.

»Tut mir leid, alter Freund, aber das ist eines von den Giften der Eingeborenen, und dagegen kennt man kein Mittel. Versuchen Sie sich zu fassen, und wenn —«

Zwei scharfe Flintenschüsse draußen unterbrachen die Unterhaltung. Brown trat ein, lud seine Büchse wieder und setzte sich an den Tisch.

»Der Koch ist tot«, sagte er. »Fieber. Ein ganz plötzlicher Anfall.«

»Ich erzählte gerade Mr. Arkwright, daß es kein Mittel gegen die Gifte der Eingeborenen gibt – —«

»Außer Schnaps«, sagte Brown.

Harriwell nannte sich selbst einen zerstreuten Idioten und stürzte nach der Schnapsflasche.

»Tüchtig, Mann, tüchtig«, ermunterte er Bertie, der ein zu zwei Drittel mit reinem Spiritus gefülltes Wasserglas hinunterstürzte und von dem scharfen Beißen hustete und schluckte, daß ihm die Tränen über die Wangen liefen.

Harriwell fühlte ihm den Puls und maß seine Temperatur, zeigte sich sehr besorgt um ihn und zweifelte, daß die Omelette vergiftet gewesen sei. Brown und McTavish zweifelten ebenfalls; aber Bertie unterschied einen Klang von Unaufrichtigkeit in ihren Stimmen. Der Appetit war ihm vergangen, und er fühlte sich selbst heimlich unter dem Tisch den Puls. Keine Frage, er ging schneller, aber er dachte nicht daran, das dem Spiritus zuzuschreiben, den er genommen hatte. McTavish ging, mit der Flinte in der Hand, auf die Veranda hinaus, um zu rekognoszieren.

»Sie versammeln sich in Massen beim Küchenhaus«, lautete sein Bericht. »Und sie haben eine unendliche Menge von Snidergewehren. Ich schlage vor, daß wir uns von der andern Seite anschleichen und ihnen in die Flanke fallen. Wir müssen den ersten Schlag führen, verstehen Sie? Kommen Sie mit, Brown.«

Harriwell aß ruhig weiter, während Bertie feststellte, daß sein Puls auf fünf Schläge gesprungen war. Nichtsdestoweniger fuhr er zusammen, als die Flinten zu knattern begannen. Aus dem Knattern der Snidergewehre konnte er Browns und McTavishs Winchesterbüchsen heraushören – alles vor einem Hintergrund von dämonischem Schreien und Brüllen.

»Sie haben sie in die Flucht geschlagen«, bemerkte Harriwell, als Stimmen und Flintenschüsse sich in der Ferne verzogen.

Kaum saßen Brown und McTavish wieder bei Tisch, als der Letztgenannte sich nochmals hinausbegab, um zu rekognoszieren.

»Sie haben das Dynamit erwischt«, sagte er.

»Dann wollen wir sie selbst mit Dynamit angreifen«, schlug Harriwell vor.

Sie stopften jeder ein halbes Dutzend Patronen in die Tasche, versahen sich mit brennenden Zigarren und traten vor die Tür.

Und in diesem Augenblick geschah es.

Sie tadelten später McTavish deswegen, und er gab zu, daß die Ladung etwas zu stark gewesen war.

Auf jeden Fall ging es unter dem Hause los, das sich an einer Ecke hob und dann wieder auf sein Fundament zurückfiel. Die Hälfte des Porzellans auf dem Tische zerbrach, und die Achttageuhr blieb stehen. Racheschnaubend stürzten die drei Männer in die Nacht hinaus, und das heftige Bombardement begann.

Als sie zurückkamen, war kein Bertie zu finden. Er hatte sich ins Kontor zurückgezogen, dort verbarrikadiert und war auf dem Fußboden einem von Alkohol gesättigten Fieberzustand verfallen, indem er tausend Tode starb, während rings um ihn der Heldenkampf tobte.

Gegen Morgen kroch er krank und mit Kopfschmerzen heraus, um zu finden, daß die Sonne sich noch am Himmel und der liebe Gott vermutlich darinnen befand, denn seine Wirte waren am Leben und unverletzt.

Harriwell drängte ihn, länger zu bleiben, aber Bertie bestand darauf, sofort mit der ›Arla‹ nach Tulagi zu fahren, wo er bis zum nächsten Dampfertage am Hause des Kommissars klebte. Auf dem Dampfer befanden sich reisende Damen, und Bertie wurde wieder ein Held, während von Kapitän Malu wie gewöhnlich keine Notiz genommen wurde. Aber von Sidney aus schickte Kapitän Malu zwei Kisten besten schottischen Whisky, denn er konnte nicht entscheiden, wer

von beiden, Kapitän Hansen oder Mr. Harriwell, Bertie Arkwright den prachtvolleren Einblick in das Leben auf den
Salomoninseln gewährt hatte.

Der unvermeidliche weiße Mann

»Kein Schwarzer wird einen Weißen verstehen lernen, und kein Weißer einen Schwarzen, solange Schwarz schwarz und Weiß weiß ist«, sagte Kapitän Woodward. Wir saßen in der Gaststube von Charley Roberts' Wirtschaft in Apia und tranken große Abu Hameds, die von besagtem Charley Roberts gemischt und verteilt wurden; er behauptete, das Rezept direkt von Stevens zu haben, der sich durch die Erfindung des Abu Hamed berühmt gemacht hatte zu einer Zeit, als der ägyptische Durst ihn ansporne – Stevens, der das Buch »Mit Kitchener nach Khartum« geschrieben hatte und später bei der Belagerung von Ladysmith gefallen war.

Kapitän Woodward, klein und gedrungen, bejahrt, von vierzigjähriger Tropensonne gebräunt, mit den schönsten klaren braunen Augen, die ich je an einem Manne gesehen, sprach aus einer reichen Erfahrung. Die kreuz und quer über seine Glatze laufenden Narben redeten von vertraulichem Umgang mit den Tomahawks der Schwarzen; gleiche Vertraulichkeit bezeugten die Narben vorn und hinten an seiner rechten Halsseite, wo einmal ein Pfeil eingedrungen und ganz hindurchgezogen worden war. Wie er erklärte, hatte er bei dieser Gelegenheit Eile gehabt – er wurde durch den Pfeil am Laufen behindert – und er hatte sich nicht Zeit lassen können, die Spitze abzubrechen und den Schaft auf demselben Wege herauszuziehen, den er gekommen war. Zurzeit war er Kommandant der ›Savaii‹ des großen Dampfers, der an der Westküste Arbeiter für die deutschen Plantagen auf Samoa anwarb.

»Das Unglück kommt zum größten Teil von der Dummheit der Weißen«, sagte Roberts und machte eine Pause, um einen tüchtigen Schluck aus seinem Glase zu nehmen und in kraftvollen Ausdrücken auf den Samoaner Kellner zu fluchen. »Wenn sich der weiße Mann ein bißchen damit abgeben würde, die Denkart des schwarzen Mannes zu verstehen, so würden die meisten Krawalle vermieden werden.«

»Ich hab' welche gesehen, die behaupteten, sich auf Niggers zu verstehen,« erwiderte Kapitän Woodward, »und ich hab' immer bemerkt, daß sie die ersten waren, die kai-kait (gefressen) wurden. Denken Sie an die Missionare auf Neuguinea und den Neuen Hebriden, der Märtyrerinsel Erromanga und so weiter. Denken Sie an die österreichische Expedition, die auf den Salomoninseln im Busch von Guadalcanar in Stücke gehauen wurde. Und denken Sie an die Händler, selbst die erfahrensten, die damit prahlten, daß kein Nigger mit ihnen fertig werden würde, und deren Köpfe heute die Dachsparren der Kanuhäuser zieren. Der alte Johnny Simons – sechsundzwanzig Jahre hatte er an den rauhen Küsten Melanesiens verbracht – schwor darauf, daß er die Nigger wie ein Buch in- und auswendig kenne, und daß sie ihn nie kriegen würden, und er fiel bei der Marovo-Lagune in Neugeorgien. Der Kopf wurde ihm abgesägt von einer schwarzen Mary (Frau) und einem alten Nigger, der nur ein Bein hatte. Das andre hatte er im Maul eines Haies vergessen, als er nach Fischen tauchte, die mit Dynamit betäubt waren. Und Billy Watts, der einen furchtbaren Ruf als Niggertöter hatte, ein Mann, der den Teufel selbst in Schrecken versetzen konnte. Ich weiß noch, wie wir einmal bei Kap Little auf Neuirland lagen, wißt ihr, da stahlen die Nigger ihm eine halbe Kiste Handelstabak – kostete ihn gegen dreieinhalb Dollar. Zur Vergeltung zog er aus, erschoß sechs Nigger, zerstörte ihre Kriegskanus und brannte zwei Dörfer nieder. Und vier Jahre später wurde er bei Kap Little mit fünfzig Bukuleuten, die er zum Trepangfischen bei sich hatte, überfallen. In fünf Minuten waren sie alle tot, mit Ausnahme von drei Leuten, die in einem Kanu entkamen. Nein, reden Sie mir nicht davon, daß man was von Niggern verstehen kann. Der weiße Mann hat die Mission, die Welt in die Höhe zu bringen, und die Aufgabe ist groß genug. Hat er da noch Zeit, die Nigger zu verstehen?«

»Stimmt«, sagte Roberts. »Und alles in allem ist es auch gar nicht nötig, daß man die Nigger versteht. Je größer die Dummheit des weißen Mannes ist, desto mehr Erfolg hat er dabei, die Welt in die Höhe zu bringen – –«

»Und Gottesfurcht in die Herzen der Nigger zu pflanzen«, platzte Kapitän Woodward heraus. »Vielleicht haben Sie recht, Roberts. Vielleicht ist es seine Dummheit, die ihm die Erfolge schafft, und es gehört vermutlich mit zu seiner Dummheit, daß er die Nigger versteht. Aber eins ist sicher: Der Weiße muß die Nigger beherrschen, ob er sie nun versteht oder nicht. Das ist unvermeidlich. Das ist Schicksal.«

»Und natürlich ist der weiße Mann unvermeidlich – das ist das Schicksal des Niggers«, fiel Roberts ein. »Erzählt dem weißen Manne, daß es irgendwo in einer Lagune, die mit zehntausend heulenden Kannibalen behaftet ist, Perlmuscheln gibt, und er wird ihnen entgegentreten, ganz allein, nur mit einem halben Dutzend kanakischer Taucher und einer billigen Weckuhr als Chronometer, alles wie die Sardinen in einer bequemen Jacht von fünf Tonnen verstaut. Flüstert ihm zu, daß am Nordpol eine Goldmine sei, und dasselbe unvermeidliche weißhäutige Wesen macht sich auf, mit Hacke und Schaufel, einer Speckseite und der neuesten Patent-Goldwaschwiege bewaffnet – und was mehr ist, er setzt durch, was er will. Gebt ihm einen Wink, daß die rotglühenden Wände der Hölle mit Diamanten besetzt seien, und Mr. Weißer Mann wird die Hölle stürmen und den alten Satan selbst mit Hacke und Spaten arbeiten lassen. Das sind die Folgen von Dummheit und Unvermeidlichkeit.«

»Aber ich möchte wissen, was der schwarze Mann von der – der Unvermeidlichkeit denkt«, sagte ich. Kapitän Woodward brach in ruhiges Lachen aus. Seine Augen glänzten von Erinnerungen.

»Ich denke gerade daran, was die Nigger von Mallu von dem unvermeidlichen weißen Mann dachten und noch denken müssen, den wir an Bord hatten, als wir sie mit der ›Duchess‹ besuchten«, erklärte er. Roberts mischte drei neue Abu Hameds.

»Es ist zwanzig Jahre her. Saxtorph hieß er. Er war bestimmt der dümmste Mensch, den ich je gesehen habe, aber so unvermeidlich wie der Tod. Nur eins konnte der Kerl: schießen. Ich weiß noch, wie ich ihm das erstemal in den Weg lief – gerade hier in Apia, vor zwanzig Jahren. Das war vor Ihrer Zeit, Roberts. Ich schlief im Hotel vom ›Deutschen Heinrich‹, wo jetzt der Markt ist. Habt ihr je von ihm gehört?

Er verdiente ein tüchtiges Stück Geld mit Waffenschmuggel an die Rebellen, verkaufte sein Hotel und wurde genau sechs Wochen später bei einer Wirtshausrauferei getötet.

Um aber auf Saxtorph zurückzukommen: Eines Abends war ich gerade schlafen gegangen, als ein Katzenpärchen unten im Hofe zu singen begann. Da wurde im Nebenzimmer das Fenster geöffnet, zwei Schüsse fielen, und das Fenster wurde wieder geschlossen. Ich kann Ihnen kaum einen Begriff davon geben, wie schnell das ging. Es dauerte höchstens zehn Sekunden. Fenster auf, peng, peng, der Revolver, Fenster zu. Wer es auch war, so hatte er jedenfalls keine Pause gemacht, um die Wirkung seiner Schüsse zu sehen. Er kannte sie. Versteht ihr? – er kannte sie. Das Katzenkonzert war zu Ende, und am Morgen lagen die beiden Ruhestörer mausetot da. Für mich war es ein Wunder. Ist es auch heute noch. Erstens war Sternenlicht, und Saxtorph schoß, ohne zu visieren; zweitens schoß er so schnell, daß die beiden Knalle wie ein Doppelknall klangen, und endlich wußte er, ohne hinzusehen, daß er sein Ziel getroffen hatte.

Zwei Tage darauf kam er an Bord, um mich zu besuchen. Ich war damals Steuermann auf der ›Duchess‹, einem riesigen Schoner von hundertundfünfzig Tonnen, der auf Sklavenjagd ging. Und laßt euch sagen, daß Sklavenjagden in jenen Tagen Sklavenjagden waren. Es gab damals noch keine Regierungsinspektoren und anderseits auch für uns keinen behördlichen Schutz. Es ging heiß her für beide Teile, und wenn wir abgeschlachtet wurden, krähte kein Hahn danach, und wir holten Nigger von jeder Südseeinsel, von der wir nicht vertrieben wurden. Also Saxtorph kam an Bord, John Saxtorph, wie er sich nannte. Er war ein kleiner, sandfarbener Mann mit sandfarbenem Haar, sandfarbener Haut und sogar sandfarbenen Augen. Es war nichts Auffallendes an ihm. Und seine Seele war so farblos wie sein Äußeres. Er sagte, es gehe ihm dreckig und er suche eine Anstellung an Bord. Wollte als Kajütsteward, Koch, Superkargo oder gewöhnlicher Matrose fahren. Verstand nichts von irgendeinem dieser Berufe, sagte aber, daß er es lernen wolle. Ich brauchte ihn nicht, aber sein

Schießen hatte solchen Eindruck auf mich gemacht, daß ich ihn als Matrosen für drei Pfund monatlich heuerte.

Er hatte wirklich den besten Willen, das muß ich zugeben. Aber er war von Natur unfähig, etwas zu lernen. Von Kompaßstrichen verstand er nicht mehr als ich vom Getränkemischen. Und sein Steuern verschaffte mir die ersten grauen Haare. Wenn Seegang war, konnte ich es nicht wagen, ihn am Ruder zu lassen. ›Voll und bei‹ und ›Dicht am Wind‹ waren und blieben ihm böhmische Dörfer. Konnte nie den Unterschied zwischen Schote und Talje lernen, konnte einfach nicht. Fock und Klüverbaum waren ein und dasselbe für ihn. Wenn man ihm sagte, er solle das Großsegel nachlassen, so hatte er, eh' man es merkte, die Piek losgemacht. Er fiel mehrmals über Bord und konnte nicht schwimmen. Aber er war immer vergnügt, niemals seekrank und der willigste Mensch, den ich je gekannt habe. Mitteilsam war er nicht. Er sprach nie von sich. Für uns begann seine Geschichte mit dem Tage, als er auf der ›Duchess‹ angeheuert wurde. Wo er schießen gelernt hatte, wußten die Sterne allein. Er war Yankee – soviel merkten wir an seiner Aussprache. Aber das war alles, was wir herausbrachten.

Und jetzt kommen wir endlich zur Sache. Wir hatten wenig Glück auf den Neuen Hebriden – nur vierzehn Mann in fünf Wochen – und fuhren südostwärts nach den Salomoninseln. Malaita war damals wie heute ein gutes Feld für Werber, und wir fuhren nach Mallu an der Nordwestecke. Dort gibt es ein Strandriff und ein äußeres Riff, und das Ankern greift die Nerven an; aber es klappte, und wir feuerten unser Dynamit ab als Signal für die Nigger, daß sie kommen und sich anwerben lassen sollten. In drei Tagen bekamen wir nicht einen Mann. Die Nigger kamen zu Hunderten in ihren Kanus zu uns, aber sie lachten nur, wenn wir ihnen Perlen und Kaliko und Beile zeigten und von den Freuden der Plantagenarbeit auf Samoa sprachen. Am vierten Tage trat ein Umschwung ein. Etwa fünfzig Mann ließen sich anwerben und wurden im Raum einquartiert, durften sich aber natürlich an Deck bewegen. Und wenn man es bedenkt, war dies Sichwerbenlassen en gros natürlich recht verdächtig, aber damals meinten wir, daß irgendein mächtiger Häuptling das Verbot, sich anwerben zu lassen, aufgehoben hätte. Am Morgen des fünften Tages gingen unsere beiden Boote wie gewöhnlich an Land – das eine, wissen Sie, um das andre im Falle von Unruhen zu decken. Und wie gewöhnlich befanden sich die fünfzig Nigger, die wir an Bord hatten, auf Deck, lümmelten sich herum, schwatzten, rauchten, schliefen. John Saxtorph, ich und vier andre Matrosen waren allein an Bord geblieben. Die beiden Boote waren mit Gilbert – Insulanern bemannt. In dem einen befanden sich der Kapitän, der Superkargo und der Werber; in dem andern, dem Begleitboot, das hundert Ellen vom Strande ab lag, der zweite Steuermann. Beide Boote waren gut bewaffnet, obwohl man kaum Unruhen erwartete. Vier von den Matrosen, unter ihnen John Saxtorph, schrubbten die Reling bei der Hütte. Der fünfte hielt, mit dem Gewehr in der Hand, am Wassertank gerade vor dem Großmast Wache. Ich war vorn beschäftigt, die letzte Hand an eine neue Klaue für die Vordergaffel zu legen. Ich wollte gerade meine Pfeife aufheben, die ich beiseitegelegt hatte, als ich einen Schuß von Land hörte. Ich richtete mich auf, um zu sehen, was los war, als irgend etwas mich am Hinterkopf traf, so daß ich fast das Bewußtsein verlor und auf das Deck schlug. Mein erster Gedanke war, daß etwas aus der Takelage heruntergefallen war; aber im Fallen, noch ehe ich aufgeschlagen war, hörte ich vom Lande ein Flintengeknatter wie von tausend Teufeln, und als ich mich zur Seite drehte, sah ich flüchtig den Matrosen, der die Wache hielt. Zwei große Nigger umklammerten seine Arme, und ein dritter bearbeitete ihm den Schädel von hinten mit dem Tomahawk.

»Ich sehe es noch vor mir: den Wassertank, den Großmast, die Bande, die sich um den Matrosen drängte, die Axt, die sich auf seinen Hinterkopf senkte, und das alles in dem blendenden Sonnenlicht. Ich war gebannt von dieser wachsenden Vision des Todes. Der Tomahawk schien unendlich lange Zeit zu brauchen, um herunterzusausen. Ich sah, wie er traf und wie die Beine des Mannes nachgaben, als er zusammenbrach. Die Nigger hielten ihn aber durch ihre Kraft aufrecht, während sie ihm noch einige Axthiebe versetzten.

Dann bekam ich noch zwei Hiebe über den Kopf und kam zu dem Ergebnis, daß ich tot sei. Das meinten auch die Bestien, die auf mich einhieben. Ich war zu hilflos, um mich zu bewegen, lag nur da und sah zu, wie sie der Schildwache den Kopf abhieben. Ich muß sagen, daß es recht glatt ging. Sie hatten Übung in dem Geschäft.

Das Gewehrfeuer von den Booten hatte aufgehört, und ich zweifelte nicht, daß alles zu Ende war. Nur noch einen Augenblick, dann kamen sie wieder, um meinen Kopf zu holen. Offenbar schnitten sie jetzt den Matrosen achtern die Köpfe ab. Köpfe sind wertvoll in Malaita, besonders weiße Köpfe. Sie erhalten einen Ehrenplatz in den Kanuhäusern der Salzwasserleute. Welchen besonderen dekorativen Zweck die Buschleute mit ihnen verbinden, weiß ich nicht, aber sie schätzten sie ebenso wie die Salzwasserbande.

Ich hatte eine unklare Vorstellung, daß ich sehen mußte, zu entwischen, und kroch auf Händen und Füßen zum Spill, wo ich versuchte, wieder auf die Beine zu kommen. Von hier aus konnte ich nach achtern sehen und erblickte auf dem Kajütendach drei Köpfe – die Köpfe der drei Matrosen, die ich monatelang befehligt hatte. Die Nigger sahen mich stehen und kamen auf mich los. Ich wollte meinen Revolver ziehen, entdeckte aber, daß sie ihn weggenommen hatten. Ich kann nicht sagen, daß ich erschrak. Ich bin mehrmals dem Tode nahe gewesen, aber nie ist er mir so leicht erschienen wie gerade damals. Ich war halb bewußtlos, und mir war alles gleichgültig.

Der Anführer der Nigger hatte sich mit einem Hackmesser aus der Kombüse bewaffnet, und er grinste wie ein Affe, als er sich anschickte, mich abzuschlachten. Aber es kam nicht zum Abschlachten. Er brach plötzlich wie ein Klumpen auf Deck zusammen, und ich sah, wie ihm das Blut aus dem Munde strömte. Unklar hörte ich eine Büchse knallen. Nigger auf Nigger brach zusammen. Jetzt begannen meine Sinne klarer zu werden, und ich bemerkte, daß nicht ein Schuß vorbeiging. Jedesmal, wenn dieses Gewehr losging, fiel ein Nigger. Ich setzte mich neben das Spill und blickte nach oben. In den Dwarssalingen saß Saxtorph. Wie er hinaufgekommen war, ist mir jetzt noch unbegreiflich, denn er hatte zwei Winchestergewehre und ich weiß nicht wie viele Patronengürtel mitgenommen; jetzt tat er das einzige, wozu er auf der Welt taugte. Ich habe schon manches Schießen und schon manche Metzelei gesehen, aber so etwas noch nie. Ich saß beim Spill und sah dem Schauspiel zu. Ich war schwach und kraftlos, und alles schien mir wie im Traum. Peng peng peng peng ging sein Gewehr, und plumps plumps plumps plumps fielen die Nigger auf das Deck. Es war geradezu verblüffend, wie sie fielen. Als nach dem ersten Angriff auf mich etwa ein Dutzend gefallen waren, waren sie wie gelähmt; aber er ließ nicht locker und feuerte weiter. Inzwischen kamen Kanus und die beiden Boote von Land, mit Snider- und mit Winchestergewehren bewaffnet, die sie in den Booten erbeutet hatten. Das Feuer, das sie auf Saxtorph eröffneten, war furchtbar. Glücklicherweise verstehen die Nigger sich nur auf den Nahkampf. Sie sind nicht gewohnt, das Gewehr an die Backe zu legen. Sie warten, bis sie den Gegner gerade vor sich haben, und schießen dann von der Hüfte aus. Als sein Gewehr zu heiß wurde, wechselte Saxtorph. Das hatte er im Sinn gehabt, als er die beiden Büchsen mit hinaufnahm. Das Erstaunlichste war die Schnelligkeit seines Feuers, und daß er nie vorbeischoß. Wenn jemals ein Mensch unvermeidlich war, so mußte es dieser Mann sein. Die Schnelligkeit war es, die diese Metzelei so grausig machte. Die Nigger kamen gar nicht zur Besinnung. Schließlich stürzten sie sich über Bord, wobei natürlich die Kanus kenterten. Saxtorph ließ nicht locker. Das ganze Wasser war von ihnen bedeckt, und bum bum bum wurden sie von seinen Kugeln getroffen. Nicht ein einziger Schuß ging daneben, und ich konnte deutlich das Aufklatschen jeder Kugel hören, wenn sie sich in das menschliche Fleisch eingrub.

Die Nigger zerstreuten sich und suchten schwimmend den Strand zu erreichen. Das Wasser glich einem Teppich von wimmelnden Köpfen, und ich stand wie im Traum da und sah alles: die wimmelnden Köpfe und die Köpfe, die still geworden waren. Einige Weitschüsse waren prachtvoll. Nur ein Mann erreichte das Land; als er sich aber erhob, um an den Strand zu waten, bekam Saxtorph ihn auch. Es war wunderschön. Und als ein paar Neger hinunterliefen, um ihn aus dem Wasser zu ziehen, traf Saxtorph auch sie.

Ich dachte, daß alles vorüber sei, als ich das Gewehr wieder hörte. Ein Nigger war zur Kajütsluke herausgekommen, zur Reling gelaufen und mitten auf dem Wege gestürzt. Die Kajüte mußte voll von ihnen sein. Ich zählte zwanzig. Sie kamen einer nach dem andern heraus und sprangen nach der Reling, aber keiner erreichte sie. Es erinnerte mich an Scheibenschießen. Ein schwarzer Körper tauchte aus der Luke auf, peng, ging Saxtorphs Flinte, und der schwarze Körper fiel zu Boden. Natürlich wußten die unten nicht, was oben vorging, und so tauchten immer weitere auf, bis der letzte erledigt war.

Saxtorph wartete zur Sicherheit eine Weile und kam dann aufs Deck herunter. Er und ich waren alles, was von der Besatzung der ›Duchess‹ übriggeblieben war, und ich war ziemlich mitgenommen, während er, nachdem das Schießen vorbei war, ganz hilflos war. Auf meine Anweisung wusch er mir die Kopfwunden aus und vernähte sie. Ein tüchtiger Schluck Whisky tat das seinige, so daß ich versuchen konnte, die offene See zu gewinnen. Es war nichts andres zu machen. Saxtorph heißte, und ich hielt die Schote. Jetzt war er wieder der dumme Tölpel. Sein Heißen war nicht einen Cent wert, und als ich in Ohnmacht fiel, schien es aus mit uns zu sein.

Als ich wieder zu mir kam, saß Saxtorph hilflos auf der Reling und wartete darauf, mich fragen zu können, was er tun solle. Ich sagte ihm, er solle die Verwundeten überholen und sehen, ob einer von ihnen imstande sei, zu kriechen. Einer hatte, wie ich mich entsann, ein Bein gebrochen; aber Saxtorph sagte, daß seine Arme in Ordnung seien. Ich lag im Schatten, wehrte die Fliegen ab und gab Anweisungen, während Saxtorph das Hospital inspizierte. Ich will mich hängen lassen, wenn er nicht die armen Nigger an jeder einzelnen Leine an der Nagelbank ziehen ließ, bevor er die Fallen fand. Einer ließ die Leine mitten im Heißen los und glitt tot auf das Deck; aber Saxtorph schlug auf die andern ein und zwang sie zur Arbeit. Als Fock und Großsegel oben waren, hieß ich ihn, den Schäkel aus der Ankerkette zu schlagen und uns treiben zu lassen. Ich hatte mich nach achtern ans Steuerrad geschleppt und wollte einen Schichtwechsel beim Steuern einrichten. Ich ahne nicht, wie er es fertig brachte, aber statt den Schäkel herauszuschlagen, ließ er den andern Anker fallen, und wir waren doppelt verankert.

Endlich brachte er es fertig, beide Schäkel herauszuschlagen und das Stagsegel und den Klüver zu setzen, und die ›Duchess‹ fuhr unter vollen Segeln auf die Einfahrt los. Unser Deck war sehenswert. Überall lagen tote und sterbende Nigger. Sie waren teilweise an den unmöglichsten Stellen verstaut. Die Kajüte war voll von solchen, die vom Deck hinuntergekrochen und unten verendet waren. Saxtorph mußte sie mit seiner Friedhofskolonne über Bord werfen, und weg waren sie. Unsere vier ermordeten Matrosen gingen natürlich denselben Weg. Aber ihre Köpfe steckten wir in einen Sack mit Gewichten, so daß sie jedenfalls nicht an Land treiben und den Niggern in die Hände fallen konnten.

Unsere fünf Gefangenen beschloß ich als Mannschaft zu verwenden, aber sie beschlossen es anders. Sie erspähten eine Gelegenheit und sprangen über Bord. Saxtorph erwischte noch zwei in der Luft mit dem Revolver und hätte die drei andern im Wasser erschossen, wenn ich ihn nicht daran gehindert hätte. Ich war krank von dem Gemetzel, sehen Sie, und außerdem hatten sie geholfen, den Schoner hinauszubringen. Aber mein Mitleid war verschwendet, denn die Haie holten sie alle drei. Ich bekam Gehirnentzündung oder etwas Ähnliches, als wir klar vom Land kamen. Jedenfalls lag die ›Duchess‹ drei Wochen lang beigedreht, bis ich mich zusammenriß und wir mit ihr nach Sydney schaukelten. Aber diese Nigger von Mallu hatten doch für immer gelernt, daß mit einem weißen Mann nicht gut Kirschenessen ist. In ihrem Falle war Saxtorph bestimmt unvermeidlich.«

Charley Roberts stieß einen langen Pfiff aus und sagte:

»Ja, das kann man wohl sagen. Aber was wurde aus Saxtorph?«

»Er legte sich auf die Seehundjagd und wurde ein berühmter Schütze. Sechs Jahre lang herrschte auf den Schiffen von Victoria und San Francisco große Nachfrage nach ihm. Im siebenten Jahre wurde sein Schoner im Beringsmeer von einem russischen Kreuzer gefaßt und die ganze Besatzung, wie es heißt, in die sibirischen Salzbergwerke geschickt. Wenigstens habe ich seitdem nie wieder etwas von ihm gehört.«

»Die Welt in die Höhe bringen«, murmelte Roberts. »Die Welt in die Höhe bringen. Na, sie sollen leben. Einer muß es ja tun: die Welt in die Höhe bringen, meine ich.«

Kapitän Woodward rieb sich die Narben auf seinem kahlen Schädel.

»Ich habe mein Teil dazu beigetragen«, sagte er. »Vierzig Jahre jetzt. Dies ist meine letzte Reise. Dann geh ich nach Hause und bleibe da.«

»Ich wette eine Flasche darauf, daß Sie es nicht tun«, forderte Roberts ihn heraus. »Sie sterben in den Sielen, nicht zu Hause.«

Kapitän Woodward nahm die Wette sofort an, aber ich persönlich glaube, daß Roberts sie gewinnen wird.

Feuer auf See

Die ›Pyrenees‹, deren eiserne Planken von ihrer Weizenlast tief ins Wasser gedrückt wurden, rollte träge und machte es dem Manne leicht, der aus einem kleinen Auslegerkanu an Bord kletterte. Als er die Reling in Augenhöhe hatte, so daß er an Bord sehen konnte, schien es ihm, als sähe er einen schwachen, kaum wahrnehmbaren Nebel. Es war wie ein flimmernder Schleier, der sich plötzlich über seine Augen gelegt hatte. Er spürte eine Neigung, ihn hinwegzuwischen, und dachte zugleich, daß er anfinge, alt zu werden, und daß es Zeit würde, sich aus San Francisco eine Brille kommen zu lassen.

Als er die Reling erreicht hatte, warf er einen Blick auf die hohen Masten und dann auf die Pumpen. Sie arbeiteten nicht. Dem großen Schiffe schien nichts geschehen zu sein, und er fragte sich, warum es das Notsignal gehißt hätte. Er dachte an seine glücklichen Insulaner und hoffte, daß es keine Krankheit wäre. Vielleicht waren das Wasser oder die Vorräte auf dem Schiffe ausgegangen. Er begrüßte den Kapitän, dessen hageres Gesicht und sorgenschwere Augen kein Hehl machten aus dem Unglück, welcher Art es nun sein mochte. In demselben Augenblick spürte der Mann einen feinen, fast unmerklichen Geruch. Er glich dem von verbranntem Brot, war aber doch anders.

Neugierig blickte er sich um. Zwanzig Fuß entfernt kalfaterte ein Matrose mit müdem Gesicht das Deck. Als seine Augen auf dem Manne hafteten, sah er plötzlich unter dessen Händen eine schwache Nebelspirale aufsteigen, die sich kräuselte, drehte und dann verschwunden war. Gleichzeitig fühlten seine bloßen Füße eine dumpfe Wärme, die schnell durch die dicken Schwielen drang. Jetzt wußte er, welches Unglück das Schiff betroffen hatte. Sein Auge streifte schnell das Vorschiff, wo die ganze Mannschaft ihn gierig mit sorgenvollen Mienen betrachtete. Der Blick seiner klaren braunen Augen glitt wie ein Segen über sie hin, beruhigte sie und hüllte sie gleichsam in den Mantel eines großen Friedens. »Wie lange brennt das Schiff schon, Kapitän?« fragte er mit einer so sanften, gleichmütigen Stimme, daß es wie das Girren einer Taube klang.

Im ersten Augenblick fühlte der Kapitän den Frieden und die Ruhe, die von jenem ausgingen, in sein Herz einziehen; dann kam er wieder zum Bewußtsein alles dessen, was er durchgemacht hatte und noch durchmachen mußte, und er wurde ärgerlich. Mit welchem Recht flößte dieser zerlumpte Taugenichts in Baumwollhosen und Leinenjacke seiner überlasteten, erschöpften Seele Ruhe und Frieden ein? Das dachte der Kapitän nicht; es war nur die unbewußte Gemütsbewegung, die seinen Unwillen hervorrief.

»Vierzehn Tage«, antwortete er kurz. »Wer sind Sie?«

»Ich heiße McCoy«, lautete die Antwort in einem Ton, der Sanftmut und Mitleid atmete.

»Ich meine: Sind Sie Lotse?«

McCoy ließ seinen segnenden Blick über den großen breitschultrigen Mann mit dem hageren unrasierten Gesicht gleiten, der neben den Kapitän getreten war. »Ich bin ebensogut Lotse wie jeder andre hier«, antwortete McCoy. »Wir sind hier alle Lotsen, Kapitän, und ich kenne jeden Zoll dieser Gewässer.« Doch der Kapitän war ungeduldig.

»Ich brauche jemand von den Behörden. Ich muß ihn sprechen, und das schleunigst.«

»Dann bin ich gerade der rechte.«

Wieder dieser einschmeichelnde Schein von Frieden, und dabei sein Schiff als glühenden Ofen unter den Füßen zu haben! Die Augenbrauen des Kapitäns hoben sich ungeduldig und nervös, und seine Fäuste ballten sich, als wäre er im Begriff, dreinzuschlagen. »Wer sind Sie, zum Teufel?« fragte er.

»Ich bin der erste Bürgermeister«, lautete die mit der denkbar sanftesten, angenehmsten Stimme gegebene Antwort.

Der große breitschultrige Mann brach in ein knurriges Lachen aus, das teilweise belustigt, in der Hauptsache aber nervös war. Er und der Kapitän blickten beide McCoy mit Ungläubigkeit und mit Staunen an. Daß der barfüßige Lump eine so hohe Würde bekleiden sollte, war ihnen unfaßbar. Seine aufgeknöpfte Leinenjacke zeigte eine graubehaarte Brust und die Tatsache, daß er keine Unterjacke trug. Ein abgetragener Strohhut verbarg nur schlecht das zottige graue Haar. Über die Brust wallte ein ungekämmter Patriarchenbart. In jedem billigen Ramschladen hätte man ihn für zwei Schilling so herausstaffieren können, wie er vor ihnen stand.

»Sind Sie verwandt mit dem McCoy von der ›Bounty‹?«

»Der war mein Urgroßvater.«

»Ach wirklich«, sagte der Kapitän und bedachte sich dann. »Mein Name ist Davenport, und dies ist mein erster Steuermann, Mr. König.«

Sie gaben sich die Hand.

»Und nun zum Geschäft.« Der Kapitän sprach schnell, als ob die Dringlichkeit seine Rede zur Eile drängte. »Wir haben seit mehr als vierzehn Tagen Feuer. Jeden Augenblick kann die Hölle losbrechen. Deshalb hab' ich auf Pitcairn gehalten. Ich will das Schiff hier auflaufen lassen oder anbohren, um den Rumpf zu retten.«

»Da haben Sie einen Fehler gemacht, Kapitän«, sagte McCoy. »Sie hätten nach Mangareva fahren sollen. Dort ist ein prachtvoller Strand und eine Lagune, still wie ein Mühlteich.«

»Aber wir sind doch nun einmal hier, nicht wahr?« sagte der erste Steuermann. »Das ist die Sache. Wir sind hier und müssen etwas tun.«

McCoy schüttelte freundlich den Kopf.

»Hier können Sie gar nichts tun. Hier ist kein Strand. Nicht einmal ein Ankerplatz.«

»Schwindel!« sagte der Steuermann. »Schwindel!« wiederholte er laut, als der Kapitän ihm ein Zeichen machte, daß er höflicher sprechen sollte. »So einen Unsinn können Sie mir nicht vorreden. Wo haben Sie denn Ihre eignen Boote, he – Ihren Schoner, Ihren Kutter, oder was Sie sonst haben, he? Beantworten Sie mir das bitte.«

McCoy lächelte ebenso liebenswürdig, wie er sprach. Sein Lächeln war eine Liebkosung, eine Umarmung, die den müden Steuermann umfing und in die Ruhe und Friedlichkeit von McCoys ausgeglichener Seele zu ziehen suchte.

»Wir haben keinen Schoner oder Kutter«, erwiderte er. »Wir tragen unsre Kanus oben auf die Klippen.«

»Das muß ich sehen, ehe ich's glaube«, brummte der Steuermann. »Wie kommen Sie denn zu den andern Inseln, he? Wollen Sie mir das sagen?«

»Wir fahren nicht hin. Als Gouverneur von Pitcairn muß ich manchmal hin. In jüngeren Jahren war ich lange Zeiten unterwegs – zuweilen auf Handelsschonern, meistens aber auf der Missionsbrigg. Aber die existiert nicht mehr, und wir sind jetzt auf vorüberfahrende Schiffe angewiesen. Manchmal können wir bis zu sechs in einem Jahre anrufen. Zu andern Zeiten vergeht ein Jahr und mehr, ohne daß ein Schiff vorbeikommt. Ihres ist das erste seit sieben Monaten.«

»Und Sie wollen mir erzählen – —« fing der Steuermann an.

Aber Kapitän Davenport unterbrach ihn. »Genug davon. Wir verlieren Zeit. Was ist zu tun, Mr. McCoy?« Der Alte wandte seine braunen Augen, die sanft wie die einer Frau waren, landwärts, und Kapitän und Steuermann folgten seinem Blick, der von dem einsamen Felsen von Pitcairn zu der Mannschaft glitt, die sich vorn versammelt hatte und ängstlich auf seine Entscheidung harrte. McCoy übereilte sich nicht. Er dachte ruhig und langsam, Schritt für Schritt, mit der Sicherheit, die ein Verstand erhält, den das Leben nie geärgert oder verletzt hat.

»Der Wind ist jetzt leicht«, sagte er schließlich. »Aber wir haben hier eine schwere Strömung, die uns nach Westen versetzt.«

»Ja, die hat uns eben nach Lee versetzt«, suchte der Kapitän seine seemännische Tüchtigkeit zu verteidigen.

»Ja, die hat Sie nach Lee versetzt«, fuhr McCoy fort. »Nein, gegen die Strömung können Sie heute nicht anfahren. Und wenn Sie es täten, kämen Sie an keine Küste. Ihr Schiff wäre verloren.«

Er machte eine Pause, und Kapitän und Steuermann blickten sich mutlos an.

»Aber ich will Ihnen sagen, was Sie tun können. Die Brise wird heut gegen Mitternacht auffrischen – sehen Sie da in Luv die schweren Wolken hinter der Spitze? Von dort, aus Südost, wird der Wind kommen, und zwar kräftig. Bis Mangareva sind es dreihundert Meilen. Brassen Sie und fahren Sie dorthin. Da ist ihr Schiff prachtvoll aufgehoben.« Der Steuermann schüttelte den Kopf.

»Kommt in die Kajüte, wir wollen nach der Karte sehen«, sagte der Kapitän.

McCoy fand eine erstickende, giftige Atmosphäre in der niedrigen Kajüte. Unsichtbare Gasschwaden bissen ihm in die Augen und ließen sie tränen. Der Fußboden war heiß, fast unerträglich heiß für seine bloßen Füße. Der Schweiß drang aus den Poren seines Körpers. Er blickte sich fast erschreckt um. Diese bösartige innere Hitze war furchtbar. Es war ein Wunder, daß die Kajüte nicht in lichten Flammen stand. Er hatte ein Gefühl, als befände er sich in einem ungeheuren Backofen, dessen Hitze jeden Augenblick schrecklich anwachsen und ihn ausdörren könnte wie einen Strohhalm.

Als er den einen Fuß aufhob und die heiße Sohle gegen das Hosenbein rieb, lachte der Steuermann in seiner wilden, knurrigen Art.

»Der Vorraum der Hölle«, sagte er. »Die Hölle selbst ist gerade unter Ihren Füßen.«

»Das nenn' ich eine Hitze!« rief McCoy unwillkürlich aus, indem er sich das Gesicht mit einem bunten Taschentuch abwischte.

»Hier ist Mangareva«, sagte der Kapitän, indem er sich über den Tisch beugte und auf einen schwarzen Punkt mitten in der weißen Leere der Karte zeigte. »Und hier, gerade dazwischen, ist eine andre Insel. Warum die nicht anlaufen?«

McCoy blickte nicht auf die Karte.

»Das ist die Crescentinsel«, antwortete er. »Sie ist unbewohnt und erhebt sich nur zwei bis drei Fuß aus dem Wasser. Lagune, aber keine Einfahrt. Nein, Mangareva ist für unsre Zwecke der nächste Platz.«

»Also dann Mangareva«, sagte Kapitän Davenport, den brummigen Einwand des Steuermanns unterbrechend. »Rufen Sie die Mannschaft nach achtern, Mr. König.«

Die Matrosen gehorchten. Sie schoben sich schwer über das Deck und waren mühsam bestrebt, sich zu beeilen. Jeder Bewegung war deutlich die Erschöpfung anzumerken. Der Koch kam aus seiner Kombüse, um zu hören, und der Kajütenjunge hielt sich dicht neben ihm.

Als Kapitän Davenport den Leuten die Lage auseinandergesetzt und ihnen seine Absicht, nach Mangareva zu fahren, verkündet hatte, brach ein Aufruhr los. Vor einem Hintergrund gurgelnden Polterns erhoben sich unartikulierte Wutschreie und hie und da ein deutlicher Fluch, ein Wort oder ein Satz. Eine schrille Londoner Stimme erhob sich einen Augenblick über den Lärm: »Verdammt! Vierzehn Tage in der Hölle – und jetzt will er mit dieser schwimmenden Hölle wieder in See!«

Der Kapitän konnte sie nicht im Zaum halten, aber die milde Anwesenheit McCoys schien sie zu beschämen und zu beruhigen, und das Murmeln und Fluchen erstarb, bis die ganze Mannschaft, außer einem oder dem andern Gesicht, das sich ängstlich dem Kapitän zuwandte, stumm das Verlangen nach den grünbekleideten Gipfeln und der steilen Küste von Pitcairn auszudrücken schien.

Sanft wie ein Frühlingslüftchen war die Stimme McCoys:

»Kapitän, mir war, als hörte ich einige Leute sagen, daß sie Hunger hätten.«

»Allerdings«, lautete die Antwort. »Ich habe die letzten Wochen nur einen Schiffszwieback und einen Löffel Lachs täglich gegessen. Wir sind auf Ration gesetzt. Sehen Sie, als wir das Feuer entdeckten, verschalten wir sofort die Luken, um es zu ersticken, und dann merkten wir erst, wie wenig Nahrungsmittel im Vorratsraum waren. Aber es war leider schon zu spät. Wir wagten es nicht, das Lazarett anzugreifen. Hunger? Ich hab' genau solchen Hunger wie sie.«

Er sprach wieder mit den Leuten, und wieder erhob sich das Poltern und Fluchen mit vor Wut verzerrten, tierischen Gesichtern. Der zweite und dritte Steuermann waren zum Kapitän getreten und standen hinter ihm am Rande der Hütte. Ihre Gesichter waren starr und ausdruckslos. Die Meuterei der Mannschaft schien sie eher zu langweilen. Kapitän Davenport blickte seinen ersten Steuermann fragend an, doch der zuckte nur die Achseln als Zeichen seiner Hilflosigkeit.

»Sie sehen,« sagte der Kapitän zu McCoy, »Sie können keinen Seemann zwingen, auf brennendem Schiffe das sichere Land zu verlassen und wieder in See zu gehen. Es ist nun vierzehn Tage lang ihr schwimmender Sarg gewesen. Sie sind abgearbeitet und ausgehungert und haben genug davon. Wir kreuzen nach Pitcairn.«

Aber der Wind war schwach, der Boden der ›Pyrenees‹ unklar, und sie konnte nicht gegen die starke westliche Strömung aufkommen. Nach zwei Stunden hatten sie drei Meilen verloren. Die Matrosen arbeiteten eifrig, als ob sie durch ihre Körperkraft die ›Pyrenees‹ gegen die widrigen Elemente zu treiben vermöchten. Aber ob sie Steuerbord oder Backbord halsten, immer sackten sie wieder nach Westen weg. Der Kapitän wanderte ruhelos auf und ab, blieb gelegentlich stehen, um die hier und dort aufsteigenden kleinen Rauchsäulen zu beobachten und bis zu ihrem Ausgangspunkt auf dem Achterdeck zu verfolgen. Der Zimmermann war andauernd damit beschäftigt, diese Stellen ausfindig zu machen und immer dichter zu kalfatern. »Nun, was meinen Sie?« fragte der Kapitän schließlich McCoy, der den Zimmermann mit dem ganzen Interesse und der Neugier eines Kindes beobachtete. McCoy blickte nach der Küste, die im zunehmenden Nebel verschwand.

»Ich denke, es ist am besten, wir steuern nach Mangareva. Bei dem Wind, der jetzt aufkommt, sind Sie morgen abend da.«

»Wenn aber das Feuer ausbricht? Das kann jeden Augenblick geschehen.«

»Halten Sie die Boote klar in den Davits. Wenn das Schiff unter Ihnen in Flammen steht, bringt derselbe Wind auch Ihre Boote nach Mangareva.«

Kapitän Davenport überlegte einen Augenblick, und dann hörte McCoy die Frage, die er nicht hatte hören wollen, von der er aber gewußt hatte, daß sie kommen würde.

»Ich habe keine Karte von Mangareva. Auf der großen Karte ist die Insel nur ein Punkt. Ich könnte die Einfahrt in die Lagune nicht finden. Wollen Sie mitkommen und das Schiff hineinlotsen?«

McCoys Ruhe war unerschütterlich.

»Ja, Kapitän«, sagte er mit demselben Gleichmut, mit dem er eine Einladung zum Essen angenommen hätte. »Ich fahre mit Ihnen nach Mangareva.«

Wieder wurde die Mannschaft nach achtern gerufen, und der Kapitän sprach zu ihr von der Hütte aus. »Wir haben versucht, das Schiff an Land zu bringen, aber ihr seht selbst, wie wir weggesackt sind. Wir treiben in einer Strömung von zwei Knoten ab. Dies ist Herr McCoy, erster Bürgermeister und Gouverneur der Insel Pitcairn. Er will mit uns nach Mangareva fahren. Ihr seht also, daß die Lage nicht gefährlich ist. Er würde sich nicht dazu erbieten, wenn er glaubte, sein Leben dabei aufs Spiel zu setzen. Ist aber selbst Gefahr damit verbunden, so können wir nicht weniger tun als der, der aus freien Stücken an Bord gekommen ist und sie mit uns teilen will. Was sagt ihr also zu Mangareva?«

Diesmal gab es keinen Aufruhr. McCoys Anwesenheit, die Sicherheit und die Ruhe, die von ihm auszustrahlen schienen, hatten Eindruck gemacht. Sie berieten leise. Es bedurfte nicht besonderer Überredung. Sie waren eigentlich einig und schoben den Londoner vor, um das Wort für sie zu führen. Der brave Mann war von dem Bewußtsein seines eignen Heldentums und des seiner Kameraden so überwältigt, daß er mit blitzenden Augen ausrief:

»Wenn er will, dann wollen wir, weiß Gott, auch!«

Die Mannschaft murmelte ihre Zustimmung und ging nach vorn.

»Einen Augenblick, Kapitän«, sagte McCoy, als der andre sich umdrehte, um dem Steuermann Anweisungen zu geben. »Ich muß erst an Land.«

Mr. König war wie vom Schlage gerührt und blickte McCoy an, als habe er einen Verrückten vor sich. »An Land!« rief der Kapitän. »Wozu? Sie brauchen drei Stunden, um in ihrem Kanu hinzukommen.«

McCoy maß die Entfernung und nickte.

»Ja, es ist jetzt sechs. Vor neun bin ich nicht an Land. Das Volk kann nicht vor zehn versammelt sein. Da der Wind auffrischt, können Sie anfangen, sich gegen ihn aufzuarbeiten, und bei Tagesanbruch können Sie mich dann an Bord nehmen.«

»Aber im Namen aller Vernunft und des gesunden Menschenverstandes!« brach der Kapitän aus. »Warum wollen Sie denn das Volk versammeln? Vergessen Sie denn ganz, daß das Schiff unter unsern Füßen brennt?«

McCoy war so friedlich wie eine sommerliche See, und die Wut des andern rief nicht das geringste Kräuseln darauf hervor.

»Nein, Kapitän«, girrte er mit seiner Taubenstimme, »ich vergesse nicht, daß Ihr Schiff brennt. Deswegen gehe ich mit Ihnen nach Mangareva. Aber ich muß mir erst die Erlaubnis erwirken, mit Ihnen fahren zu dürfen. Das ist Schick und Brauch bei uns. Es ist eine wichtige Sache, wenn der Gouverneur die Insel verläßt. Die Interessen der Bevölkerung stehen auf dem Spiel, und so haben sie das Recht, abzustimmen, ob sie mir die Abreise erlauben oder verweigern wollen. Aber sie erlauben sie, das weiß ich.«

»Sind Sie dessen sicher?«

»Ganz sicher.«

»Wenn Sie so sicher sind, wozu dann die Umstände? Denken Sie an den Zeitverlust – eine ganze Nacht.«

»Es ist Schick und Brauch bei uns«, lautete die unerschütterliche Antwort. »Außerdem bin ich Gouverneur und muß meine Vorkehrungen für die Leitung der Insel während meiner Abwesenheit treffen.«

»Aber es ist doch nur eine Fahrt von vierundzwanzig Stunden bis Mangareva«, warf der Kapitän ein. Selbst wenn Sie sechsmal so lange für die Rückfahrt gegen den Wind brauchten, würden Sie also Ende der Woche zurück sein.«

McCoy lächelte sein breites, wohlwollendes Lächeln. »Es kommen sehr wenige Schiffe nach Pitcairn, und wenn, dann meistens von San Francisco oder ums Kap Horn. Wenn ich Glück habe, bin ich in sechs Monaten wieder da. Es kann sein, daß ich ein Jahr fortbleibe, es kann auch sein, daß ich nach San Francisco fahren muß, um ein Schiff zu finden, das mich zurückbringt. Mein Vater verließ einmal Pitcairn, und es vergingen zwei Jahre, ehe er zurückkommen konnte. Außerdem sind Sie knapp an Nahrungsmitteln. Wenn Sie gezwungen werden, in die Boote zu gehen, und es kommt schlechtes Wetter, so brauchen Sie Tage, um Land zu erreichen. Ich kann morgen früh zwei Kanus mit Nahrungsmitteln bringen. Getrocknete Bananen sind am besten. Wenn der Wind auffrischt, fahren Sie los. Je näher Sie sind, desto größere Ladung kann ich Ihnen bringen. Auf Wiedersehen!«

Er streckte die Hand aus. Der Kapitän nahm sie und ließ sie nur widerstrebend los. Er schien sich an sie zu klammern, wie ein Ertrinkender an einen Rettungsring. »Wie kann ich wissen, ob Sie morgen wiederkommen?« fragte er.

»Ja, so ist es!« rief der Steuermann. »Wie können wir wissen, ob er sich nicht drückt, um seine eigene Haut in Sicherheit zu bringen.«

McCoy antwortete nicht. Er sah sie sanft und segnend an, und es schien ihnen, als ströme etwas von der ungeheuren Ruhe seiner Seele auf sie über.

Der Kapitän ließ seine Hand los, und mit einem letzten Blick umfaßte McCoy die Mannschaft, kletterte über die Reling und stieg in sein Kanu.

Der Wind frischte auf, und die ›Pyrenees‹ gewann trotz ihres unklaren Bodens der westlichen Strömung ein Dutzend Meilen ab. Am Morgen lag Pitcairn drei Meilen in Luv, und Kapitän Davenport machte zwei Kanus aus, die auf ihn zukamen. Wieder kletterte McCoy herauf und sprang über die Reling auf das heiße Deck. Ihm folgten viele Pakete mit getrockneten Bananen, jedes in trockene Blätter eingewickelt.

»So, Kapitän,« rief er, »jetzt brassen Sie die Rahen und fahren ums Leben. Ich bin kein Seemann, wissen Sie«, erklärte er einige Minuten später, als er achtern beim Kapitän stand, dessen Blick von der Takelung seitwärts wanderte, um die Fahrt der ›Pyrenees‹ zu schätzen. »Bis nach Mangareva müssen Sie sie bringen. Wenn Sie das Land ausgemacht haben, will ich Sie hineinlotsen. Was meinen Sie, wieviel Knoten macht sie?«

»Elf«, antwortete Kapitän Davenport mit einem letzten Blick auf das schnell vorbeigleitende Wasser. »Elf. Warten Sie; wenn sie die Fahrt beibehält, so sichten wir Mangareva morgen früh zwischen acht und neun Uhr. Um zehn, spätestens um halb elf hab ich Sie auf dem Strand, und dann sind Sie Ihre Sorgen los.«

Es schien dem Kapitän fast, als sei dieser wundervolle Augenblick bereits gekommen, so groß war die Überzeugungskraft McCoys. Davenport hatte über vierzehn Tage unter dem schrecklichen Druck gelebt, ein brennendes Schiff zu führen, und er begann zu spüren, daß er genug davon hatte.

Ein kräftiger Windstoß traf ihn im Nacken und pfiff ihm um die Ohren. Er maß die Stärke und blickte schnell über Bord.

»Der Wind wird immer stärker«, verkündete er. »Der alte Kasten macht jetzt eher zwölf als elf. Wenn das so bleibt, müssen wir noch heute nacht reffen.«

Den ganzen Tag glitt die ›Pyrenees‹ mit ihrer Ladung lebenden Feuers durch die schäumende See. Bei Anbruch der Nacht wurden Oberbram- und Bramsegel eingezogen, und sie flog ins Dunkle hinein, während große schaumgekrönte Wogen sie umbrüllten. Der günstige Wind tat seine Wirkung, und vorn wie achtern verspürte man eine deutliche Besserung der Stimmung. Während der zweiten Hundewache begann eine sorglose Seele zu singen, und gegen acht Glas sang die ganze Mannschaft.

Kapitän Davenport hatte sich sein Bettzeug oben auf die Hütte bringen lassen.

»Ich habe vergessen, was schlafen heißt«, erklärte er McCoy. »Ich bin ganz fertig. Aber rufen Sie mich jederzeit, wenn Sie es für nötig halten.«

Um drei Uhr morgens wurde er durch einen sanften Ruck am Arm geweckt. Er setzte sich schnell auf und stützte sich, noch mit dumpfem Kopf, gegen das Deckfenster. Der Wind heulte sein Kampflied in der Takelung, und ein wilder Seegang boxte die ›Pyrenees‹. Sie rollte, daß erst die eine und dann die andre Reling unter Wasser verschwand und das

Deck die meiste Zeit überschwemmt war. McCoy rief etwas, was er nicht hören konnte. Er streckte den Arm aus, faßte den andern bei der Schulter und zog ihn so nahe, daß sein Ohr dicht an den Lippen des andern war.

»Es ist drei Uhr«, erklang McCoys Stimme, die immer noch taubengleich, aber seltsam gedämpft war, als käme sie von weit her. »Wir haben zweihundertundfünfzig Meilen gemacht. Die Crescentinsel ist nur dreißig Meilen entfernt, irgendwo vor uns. Es ist kein Feuer auf ihr. Wenn wir die Fahrt beibehalten, stoßen wir auf und sind selbst mit dem Schiff verloren.«

»Was meinen Sie – beidrehen?«

»Ja, beidrehen bis Tagesanbruch. Das kostet uns nur wenige Stunden.

So wurde denn die ›Pyrenees‹ mit ihrer brennenden Ladung beigedreht, befand sich gerade im Rachen des tosenden Sturmes und kämpfte krachend gegen die zermalmenden Wogen. Sie war eine mit Feuersbrunst gefüllte Muschel, an deren Außenseite sich die kleinen Atome von Menschen mühsam anklammerten und ihr im Kampfe durch Ziehen und Zupfen halfen.

»Dieser Sturm ist etwas ganz Ungewöhnliches«, sagte McCoy in Lee der Hütte zu dem Kapitän. »Wenn es richtig zuginge, dürfte es zu dieser Jahreszeit keinen Sturm geben. Aber das Wetter ist dieses Jahr in jeder Beziehung ungewöhnlich. Der Passat ist unterbrochen gewesen, und jetzt pfeift es direkt aus der Passatecke.« Er wies in die Finsternis, als ob sein Blick Hunderte von Meilen durchdringen könnte. »Es kommt aus Westen. Da ist irgend etwas Großes im Gange – ein Orkan oder so etwas. Wir haben Glück, daß wir so weit ostwärts sind. Aber dies ist nur eine Mütze voll«, fügte er hinzu. »Es dauert nicht lange. Das will ich Ihnen gleich sagen.«

Bei Tagesanbruch war der Sturm zu normalem Wind abgeflaut. Aber das Tageslicht enthüllte eine neue Gefahr. Es war diesig geworden. Die See war mit einem Nebel, oder besser mit einem perlgrauen Schleier bedeckt, der den Blick ebenso hinderte wie Nebel, aber doch nur wie ein Schleier auf dem Meere lag, den die Sonne durchdrang und mit glühenden Strahlen füllte.

Das Deck der ›Pyrenees‹ rauchte schlimmer als am vorigen Tage, und die Heiterkeit von Offizieren und Mannschaft war geschwunden. In Lee der Kombüse konnte man den Kajütenjungen wimmern hören. Es war seine erste Reise, und die Todesfurcht saß ihm im Herzen. Der Kapitän wanderte wie eine verlorene Seele umher, nervös auf seinem Schnurrbart kauend, finsterblickend und unfähig, einen Entschluß zu fassen.

»Was meinen Sie?« fragte er, neben McCoy haltmachend, der ein Frühstück aus gebratenen Bananen und einem Krug Wasser zu sich nahm.

McCoy aß die letzte Banane auf, leerte den Krug und blickte sich langsam um. In seinen Augen lag ein sanftes Lächeln, als er sprach:

»Ja, Kapitän, wir können freilich ebensogut treiben wie brennen. Ihr Deck hält es nicht ewig aus. Es ist heute morgen schon heißer. Haben Sie nicht ein Paar Schuhe, das ich anziehen kann? Es wird ungemütlich für meine Füße.«

Die ›Pyrenees‹ nahm zwei schwere Seen über, als sie abschwojte und wieder vor den Wind gelegt wurde, und der erste Steuermann drückte den Wunsch aus, all dies Wasser unten im Raum zu haben, wenn man es nur hineinbringen könnte, ohne die Lukendeckel abzunehmen. McCoy steckte den Kopf ins Nachthaus und beobachtete den Kurs. »Ich hätte sie etwas mehr an den Wind genommen, Kapitän«, sagte er. »Während wir beigedreht hatten, ist sie abgetrieben.«

»Ich hab' sie schon einen Strich höher gesetzt«, lautete die Antwort. »Ist das nicht genug?«

»Ich hätte zwei Striche genommen, Kapitän. Dies bißchen Wind treibt die Westströmung schneller, als Sie denken.«

Kapitän Davenport einigte sich mit ihm auf anderthalb Striche und stieg dann in Begleitung McCoys und des ersten Steuermanns hinauf, um nach Land auszuspähen. Es waren Segel gesetzt, so daß die ›Pyrenees‹ zehn Knoten machte. Die See legte sich jetzt schnell. Der Perlenschleier riß nirgends, und Kapitän Davenports Nervosität nahm zu. Alle Mann waren auf ihrem Posten, bereit, beim ersten Anzeichen von Land wie die Teufel drauflos zu arbeiten, um die ›Pyrenees‹ an den Wind zu bringen. Das Land, ein überbrandetes Außenriff, mußte gefährlich nahe sein, wenn man es in diesem Nebel sichtete.

Wieder verging eine Stunde. Die drei starrten von ihrem Ausguck unverwandt in den perlgrauen Schimmer.

»Wenn wir nun Mangareva verfehlen?« fragte Kapitän Davenport plötzlich.

McCoy erwiderte sanft, ohne eine Miene zu verziehen:

»Dann lassen wir uns treiben, Kapitän. Das ist alles, was wir tun können. Vor uns liegen die Paumotuinseln. Wir können tausend Meilen durch Riffe und Atolle treiben. Irgendwo müssen wir schließlich landen.«

»Also dann treiben wir.« Kapitän Davenport schickte sich an, auf Deck hinunterzusteigen. »Wir haben Mangareva verfehlt. Gott weiß, wo das nächste Land liegt. Ich wollte, ich hätte noch diesen halben Strich zugegeben«, gestand er einen Augenblick später. »Die verdammte Strömung treibt Schindluder mit einem alten Seemann.«

»Die alten Seefahrer nannten die Paumotus den gefährlichen Archipel«, sagte McCoy, als sie wieder bei der Hütte standen. »Gerade diese Strömung war zum Teil schuld an dem Namen.«

»Ich sprach mal mit einem Matrosen in Sydney«, sagte Mr. König. »Er hatte die Paumotus befahren. Er sagte mir, die Versicherungsprämie sei achtzehn Prozent. Stimmt das?«

McCoy nickte lächelnd.

»Wenn man überhaupt eine Versicherung bekommen kann«, erklärte er. »Die Reeder schreiben ihre Schoner jedes Jahr mit zwanzig Prozent ab.«

»Mein Gott!« stöhnte Kapitän Davenport. »Das bedeutet für einen Schoner eine Lebensdauer von nur fünf Jahren!« Er schüttelte traurig den Kopf und murmelte: »Schlechtes Fahrwasser, schlechtes Fahrwasser!«

Wieder gingen sie in die Kajüte, um die große Hauptkarte zu befragen; aber der giftige Rauch trieb sie hustend und keuchend an Deck.

»Hier ist die Moerenhoutinsel.« Kapitän Davenport wies auf die Karte, die er auf der Hütte ausgebreitet hatte. Sie kann nicht mehr als hundert Meilen in Lee liegen.«

»Hundertundzehn.« McCoy schüttelte zweifelnd den Kopf. »Vielleicht geht es, aber es ist sehr schwer. Ich könnte Sie dort nicht auf den Strand bringen, möglicherweise aber auf das Riff setzen. Ein schlechter Platz, ein sehr schlechter Platz.«

»Wir wollen unser Glück versuchen«, entschied Kapitän Davenport, und dann machte er sich daran, den Kurs zu setzen.

Früh am Nachmittage wurden die Segel verringert, um zu vermeiden, daß sie nachts vorbeiliefen, und in der zweiten Hundewache zeigte die Mannschaft Spuren von wiederkehrender Heiterkeit. Das Land war so nahe, am Morgen waren ihre Sorgen vorbei. Doch der Morgen brach klar an mit einer strahlenden Tropensonne. Der Südostpassat war nach Osten umgeschlagen und trieb die ›Pyrenees‹ mit einer Fahrt von acht Knoten durch das Wasser. Kapitän Davenport arbeitete sein Besteck mit einer reichlichen Marge für die Abdrift aus und verkündete dann, daß die Moerenhoutinsel nicht mehr als zehn Meilen entfernt sei. Die ›Pyrenees‹ machte die zehn Meilen und noch zehn Meilen dazu, und die Ausguckleute auf den drei Mastspitzen sahen nichts als das bloße, sonnenbeschienene Meer.

»Aber das Land muß da sein«, schrie Kapitän Davenport ihnen von der Hütte aus zu.

McCoy lächelte besänftigend, aber der Kapitän blickte um sich wie ein Verrückter, ergriff seinen Sextanten und machte eine Chronometeraufnahme. »Ich wußte ja, daß es stimmt«, schrie er, als er mit der Beobachtung fertig war. Einundzwanzig, fünfundzwanzig, Süd; einunddreißig, sechs, zwei, West. Da haben Sie's. Noch acht Meilen in Luv. Was haben Sie ausgemacht, Mr. König?«

Der erste Steuermann sah auf seine eignen Zahlen und sagte mit leiser Stimme:

»Einundzwanzig, fünfundzwanzig, stimmt; aber meine Länge ist einunddreißig, sechs, achtundvierzig. Das bringt uns beträchtlich leewärts – –«

Doch Kapitän Davenport ignorierte seine Zahlen mit so verächtlichem Schweigen, daß Mr. König mit den Zähnen knirschte und innerlich wild fluchte.

»Abfallen!« befahl der Kapitän dem Manne am Steuer. »Drei Striche – recht so!«

Dann machte er sich wieder ans Rechnen und revidierte seine Zahlen. Der Schweiß lief ihm übers Gesicht. Er biß sich auf den Schnurrbart, auf die Lippen, zernagte den Bleistift und starrte die Zahlen an, als sähe er einen Geist vor sich. Plötzlich zerknitterte er mit einem wütenden Kraftausbruch das beschriebene Papier in seiner Hand und zertrat es. Mr. König grinste zur Vergeltung und wandte sich ab, während Kapitän Davenport sich gegen die Hütte lehnte und eine halbe Stunde lang kein Wort sprach, sondern sich damit begnügte, mit einem Ausdruck von Hoffnungslosigkeit nach Lee zu starren. »Mr. McCoy«, unterbrach er unvermittelt das lästige Schweigen. »Die Karte gibt eine Inselgruppe an, zeigt aber nicht, wie viele es sind. Da oben nach Nord oder Nordnordwest, etwa vierzig Meilen von uns – die Acteoninseln. Wie ist es mit denen?«

»Es sind vier, alle niedrig«, antwortete McCoy. »Die erste nach Südosten ist Matueri – keine Bevölkerung, keine Einfahrt in die Lagune. Dann kommt Tenarunga. Da pflegte ein Dutzend Menschen zu leben, aber sie mögen jetzt alle weg sein. Jedenfalls gibt es dort keine Einfahrt für ein Schiff – nur für Boote. Die beiden andern sind Vehauga und Teuararo. Keine Einfahrt, keine Bevölkerung, auch sehr niedrig. Da können wir die ›Pyrenees‹ nicht hinbringen, sie würde völlig zum Wrack werden.«

»Was Sie nicht sagen!« Kapitän Davenport war wütend. »Keine Bevölkerung! Keine Einfahrt! Wozu sind denn diese Inseln da, zum Teufel? Also schön,« bellte er plötzlich wie ein aufgeregter Terrier. »Nach Nordwesten zu zeigt die Karte ein ganzes Gewirr von Inseln. Wie steht es damit? Welche von ihnen hat eine Einfahrt für mein Schiff?«

McCoy überlegte ruhig. Er sah nicht auf die Karte. Alle diese Inseln, Riffe, Untiefen, Lagunen, Einfahrten und Entfernungen waren in seinem Gedächtnis verzeichnet. Er kannte sie, wie der Städter seine Gebäude, Straßen, Alleen.

»Papakena und Vanavana liegen etwa hundert Meilen, vielleicht etwas weniger, West oder Westnordwest«, sagte er. »Die eine ist unbewohnt, und wie ich gehört habe, ist die Bevölkerung der andern nach den Cadmusinseln ausgewandert. Jedenfalls hat die Lagune auf keiner von den beiden Inseln eine Einfahrt. Ahunui liegt noch hundert Meilen weiter nach Nordwesten. Keine Einfahrt, keine Bevölkerung.«

»Aber vierzig Meilen dahinter liegen doch noch zwei Inseln?« fragte Kapitän Davenport, den Kopf von der Karte erhebend.

McCoy schüttelte den Kopf.

»Paros und Manuhungi – keine Einfahrt, keine Bevölkerung. Nengo-Nengo liegt wieder vierzig Meilen hinter ihnen und hat auch weder Bevölkerung noch Einfahrt. Aber die Haoinsel. Das ist der richtige Platz. Die Lagune ist dreißig Meilen lang und fünf breit. Eine Menge Menschen, gutes Trinkwasser. Und durch die Einfahrt kann jedes Schiff der Welt kommen.«

Er schwieg und sah besorgt auf Kapitän Davenport, der, den Zirkel in der Hand, über die Karte gebeugt, gerade einen leisen Seufzer ausgestoßen hatte.

»Näher als die Haoinsel gibt es keine Lagune mit Einfahrt?« fragte er.

»Nein, Kapitän, das ist die nächste.«

»Schön. Es sind dreihundertundfünfzig Meilen bis dahin.« Kapitän Davenport sprach sehr langsam und entschieden. »Ich will nicht die Verantwortung für all diese Menschenleben auf mich nehmen. Ich lasse das Schiff auf den Acteoninseln stranden. Und sie ist ein so gutes Schiff«, fügte er bedauernd hinzu, nachdem er den Kurs geändert hatte, wobei er diesmal mehr Rücksicht auf die westliche Strömung nahm.

Eine Stunde darauf war der Himmel überzogen. Der Südostpassat wehte noch, aber der Ozean war ein Schachbrett von Sturmwolken.

»Um ein Uhr sind wir da«, verkündete Kapitän Davenport zuversichtlich. »Spätestens um zwei. McCoy, wir wollen sie irgendwo aufsetzen, wo Menschen wohnen.«

Die Sonne kam nicht wieder zum Vorschein, und um ein Uhr war kein Land zu sehen. Der Kapitän ging nach achtern und betrachtete das trügerische Kielwasser der ›Pyrenees‹.

»Großer Gott!« rief er. »Eine östliche Strömung! Sehen Sie!«

Mr. König war ungläubig. McCoy war zurückhaltend, obgleich er sagte, daß es keinen Grund gäbe, warum es in den Paumotus keine östliche Strömung geben sollte. Wenige Minuten später nahm eine Bö der ›Pyrenees‹ allen Wind, und sie lag nun schwer rollend auf den Wogen.

»Wo ist das Tieflot? Über Bord damit!« Kapitän Davenport hielt die Logleine und beobachtete, wie sie nach Nordosten abtrieb. »Da! Sehen Sie sich das an. Halten Sie sie mal selber.«

McCoy und der Steuermann versuchten es und fühlten, wie die Leine unter dem Griff des Tidenstroms wild schnurrte und zitterte.

»Eine Strömung von vier Knoten«, sagte Mr. König.

»Eine östliche Strömung statt der westlichen«, sagte Kapitän Davenport und blickte McCoy vorwurfsvoll an, als wollte er ihn dafür verantwortlich machen.

»Das ist einer der Gründe dafür, Kapitän, daß die Versicherungsprämie in diesen Gewässern achtzehn Prozent beträgt«, antwortete McCoy fröhlich. »So was läßt sich nie voraussagen. Auf der Jacht ›Casco‹ war ein Mann, der Bücher schrieb – ich hab' seinen Namen vergessen. Er verfehlte Takaroa um dreißig Meilen und kam nach Tikei, nur wegen der wechselnden Strömungen. Sie sind jetzt allzu hoch in Luv und würden gut tun, einige Striche abzufallen.«

»Aber um wieviel hat diese Strömung mich denn versetzt?« fragte der Kapitän zornig. »Woher soll ich wissen, wieviel ich abfallen muß?«

»Ich weiß es nicht, Kapitän«, sagte McCoy mit großer Verbindlichkeit.

Der Wind setzte wieder ein, und die »Pyrenees« lief mit ihrem rauchenden, in dem klaren grauen Lichte schimmernden Deck direkt nach Lee. Dann kreuzte sie vor Backbord- und Steuerbord-Halsen zurück und durchpflügte die See, nach den Acteonsinseln suchend, nach denen die Ausguckleute auf den Masten vergeblich ausspähten.

Kapitän Davenport war außer sich. Seine Wut nahm die Form verbissenen Schweigens an, und er verbrachte den Nachmittag damit, neben der Hütte auf und ab zu gehen oder sich gegen die Luvwanten zu lehnen. Bei Anbruch der Nacht ließ er, ohne McCoy zu befragen, vierkant brassen und den Kurs auf Nordwest setzen. Mr. König, der verstohlen Karte und Kompaß, und McCoy, der offen letzteren befragte, wußten, daß sie nach der Haoinsel fuhren. Um Mitternacht verzogen sich die Wolken, und die Sterne kamen zum Vorschein. Kapitän Davenports Laune besserte sich bei der Aussicht auf einen klaren Tag.

»Morgen früh will ich eine Observation nehmen,« sagte er zu McCoy, »obgleich ich keine Ahnung von unsrer Breite habe. Aber ich werde die Sumnersche Methode anwenden und so Klarheit schaffen. Kennen Sie die Sumnersche Linie?«

Und er erklärte sie McCoy in allen ihren Einzelheiten.

Der Tag blieb klar, der Passat blies stetig aus Osten, und die ›Pyrenees‹ machte ebenso stetig ihre neun Knoten. Kapitän und Steuermann berechneten beide die Position nach der Sumnerschen Linie, verglichen sie noch einmal am Nachmittage.

»Noch vierundzwanzig Stunden, und wir sind da«, versicherte Kapitän Davenport McCoy. »Ein Wunder, daß das Deck des alten Kastens noch hält. Aber es dauert nicht mehr lange. Es kann nicht mehr lange dauern. Sehen Sie nur, es raucht täglich mehr. Und es war doch ganz dicht zu Beginn der Reise. Frisch kalfatert in San Francisco. Ich war ganz überrascht, als das Feuer ausbrach und wir die Luken verschalten. Sehen Sie da!«

Er brach ab, um mit offenem Munde eine Rauchspirale anzustarren, die sich in Lee des Besanmastes zwanzig Fuß über dem Deck emporringelte.

»Wo kommt das nun her?« fragte er entrüstet.

Darunter war kein Rauch. Vom Deck aufsteigend, durch den Mast vor dem Winde geschützt, nahm er erst in dieser Höhe durch irgendeine Laune Form an und wurde sichtbar. Er ringelte sich vom Maste weg und hing einen Augenblick wie ein drohendes Anzeichen über dem Haupte des Kapitäns. Sein Mund schloß sich wieder.

»Wie gesagt, ich war überrascht, als wir zuerst die Luken verschalten. Es war ein festes Deck und ließ doch den Rauch durch wie ein Sieb. Und seitdem haben wir immer und immer wieder kalfatert. Es muß unten ein furchtbarer Druck herrschen, der soviel Rauch hindurchtreibt.«

An diesem Nachmittage überzog sich der Himmel wieder, und stürmisches, regnerisches Wetter setzte ein. Der Wind wechselte zwischen Südost und Nordost, und um Mitternacht wurde die ›Pyrenees‹ von einer scharfen Bö aus Südwest zurückgetrieben, woher der Wind unaufhörlich blies.

»Wir erreichen Hao nicht vor zehn oder elf«, klagte Kapitän Davenport um sieben Uhr morgens, als das leuchtende Versprechen der Sonne durch trübe Wolkenmassen am östlichen Himmel ausgelöscht war. Und im nächsten Augenblick fragte er klagend: »Und wie steht es mit der Strömung?«

Die Ausguckleute auf den Masten konnten kein Land melden, und der Tag verging mit regnerischen Flauten und heftigen Böen. Bei Anbruch der Nacht setzte eine schwere See aus Westen ein. Das Barometer war auf neunundzwanzig, fünfzig gefallen. Es wehte nicht, und doch begann die unheilvolle See zu wachsen. Bald rollte die ›Pyrenees‹ wie verrückt auf den ungeheuren Wogen, die in unendlicher Prozession aus der Finsternis im Westen heranrollten. Die Segel wurden so schnell gekürzt, wie beide Wachen arbeiten konnten, und als die ermüdete Mannschaft fertig war, konnte man ihre mürrischen und jammernden Stimmen hören, die fast tierisch und drohend in der Dunkelheit klangen. Als einmal die Steuerbordwache nach achtern gerufen wurde, um ein Segel zu sorren und zu sichern, bekundeten die Leute offen ihren Trotz und Unwillen. Jede ihrer langsamen Bewegungen war ein Protest und eine Drohung. Die Atmosphäre war feucht und klebrig wie Schleim, und bei dem Fehlen des Windes schienen alle Leute nach Luft zu keuchen und zu schnappen. Der Schweiß stand ihnen auf dem Gesicht und den bloßen Armen, und Kapitän Davenport, dessen Gesicht hagerer und sorgenvoller denn je war, starrte mit unruhigen Augen, von einem Gefühl drohenden Unglücks niedergedrückt, vor sich hin.

»Es ist weit im Westen«, sagte McCoy ermutigend. »Schlimmstenfalls streifen wir es eben.«

Aber Kapitän Davenport wollte sich nicht trösten lassen, und beim Licht einer Laterne las er in seinem Handbuch für Schiffsführer das Kapitel, das vom Verhalten bei Zyklonen handelte. Irgendwo mittschiffs wurde die Stille vom leisen Weinen des Schiffsjungen unterbrochen.

»Ach, halt den Mund!« brüllte Kapitän Davenport plötzlich mit solcher Kraft, daß alle Mann an Bord erschraken und der Störenfried vor Angst in wildes Geheul ausbrach.

»Mr. König«, sagte der Kapitän mit einer vor Wut und Nervosität zitternden Stimme, »wollen Sie nach vorn gehen und diesem Balg mit einem Schwapper den Mund stopfen?«

Aber statt seiner ging McCoy nach vorn und hatte in wenigen Minuten den Jungen beruhigt und zum Schlafen gebracht.

Kurz vor Tagesanbruch begann der erste Lufthauch sich in Südost zu regen und wuchs schnell zu einer steifen und immer steiferen Brise. Alle Mann waren an Deck und warteten, was kommen würde. »Es steht gut, Kapitän«, sagte McCoy, dicht hinter ihm stehend. »Der Orkan weht westwärts, und wir befinden uns südlich. Diese Brise ist nur der Sog. Es wird nicht schlimmer. Sie können jetzt wieder Segel setzen.«

»Aber, was nützt das? Wohin soll ich fahren? Dies ist der zweite Tag ohne Beobachtungen, und wir hätten die Haoinsel schon gestern früh sichten müssen. In welcher Richtung liegt sie, Norden, Süden, Osten oder was? Sagen Sie mir das, und ich setze sofort die Segel.«

»Ich bin kein Seemann, Kapitän«, sagte McCoy in seiner milden Art.

»Ich hab' immer gedacht, daß ich einer sei«, lautete die Antwort. »Bis ich in diese Paumotus kam.«

Gegen Mittag hörte man vom Ausguck den Ruf: »Brandung voraus!« Die ›Pyrenees‹ fiel ab, und Segel auf Segel wurde losgemacht. Die ›Pyrenees‹ glitt durch das Wasser und kämpfte gegen eine Strömung, die sie in die Brandung zu setzen drohte. Offiziere und Mannschaften arbeiteten wie verrückt, Koch und Kajütenjunge, selbst Kapitän Davenport und McCoy legten Hand mit an. Mit Not und Mühe kamen sie davon. Es war eine Untiefe, eine kahle, gefährliche Stelle, über die unaufhörlich die Seen brachen und auf der niemand leben und nicht einmal Seevögel einen Ruheplatz finden konnten. Bis auf hundert Ellen wurde die ›Pyrenees‹ herangetrieben, ehe der Wind sie klarmachte, und in dem Augenblick, als die Arbeit überstanden war, brach die übermüdete Mannschaft in eine Flut von Flüchen über das Haupt McCoys aus – McCoys, der an Bord gekommen war, die Fahrt nach Mangareva vorgeschlagen und sie alle von der sicheren Pitcairninsel fortgelockt hatte zu sicherem Verderben in diesem furchtbaren; verwirrenden Fahrwasser. Aber McCoys Seele blieb unerschütterlich. Er lächelte sie mit einfachem, liebenswürdigem Wohlwollen an, und irgendwie schien seine erhabene Güte in ihre schwarzen, finsteren Seelen zu dringen, sie zu beschämen und aus dieser Scham heraus die in ihren Kehlen zitternden Flüche zu unterdrücken.

»Schlechtes Fahrwasser! Schlechtes Fahrwasser!« murmelte Kapitän Davenport, als das Schiff klarlag; aber er brach plötzlich ab, um auf die Untiefe zu starren, die achtern hätte sein müssen, sich aber schon in Luv der ›Pyrenees‹ befand und sich reißend schnell nach Lee drehte.

Er setzte sich nieder und verbarg das Gesicht in den Händen. Und der erste Steuermann und McCoy und die Mannschaft, sie alle sahen, was er gesehen hatte. Südlich der Untiefe hatte eine östliche Strömung sie hingetrieben; nördlich von ihr hatte nun eine ebenso reißende westliche Strömung das Schiff gepackt und trieb es weg.

»Ich hab' schon früher von diesen Paumotus reden hören«, seufzte der Kapitän, indem er sein blasses Gesicht hob.

»Kapitän Movendale erzählte mir von ihnen, nachdem er sein Schiff dort verloren hatte. Und ich lachte ihn hinter seinem Rücken aus. Gott verzeihe es mir, ich lachte ihn aus. Was für eine Untiefe ist das hier?« fragte er abbrechend McCoy.

»Ich weiß es nicht, Kapitän.«

»Warum wissen Sie es nicht?«

»Weil ich sie noch nie gesehen und noch nie von ihr gehört habe. Ich weiß, daß sie auf der Karte nicht verzeichnet ist. Diese Gewässer sind noch nie genau durchforscht worden.«

»Sie wissen also nicht, wo wir sind?«

»So wenig wie Sie«, sagte McCoy freundlich.

Um vier Uhr nachmittags wurden Kokospalmen gesichtet, die aus dem Wasser emporzuwachsen schienen. Etwas später hob sich ein niedriges Atoll über das Wasser.

»Jetzt weiß ich, wo wir sind, Kapitän.« McCoy ließ das Glas von den Augen sinken. »Das ist die Resolutionsinsel. Wir befinden uns vierzig Meilen hinter der Haoinsel, und der Wind ist uns entgegen.«

»Dann wollen wir klarmachen, um das Schiff auflaufen zu lassen. Wo ist die Einfahrt?«

»Es gibt nur eine für Kanus. Aber da wir jetzt wissen, wo wir sind, können wir nach Barclai de Tolley laufen. Es sind nur hundertundzwanzig Meilen von hier, gerade in Nordnordwest. Bei dieser Brise können wir morgen früh um neun Uhr da sein.« Kapitän Davenport befragte die Karte und kämpfte mit sich.

»Wenn wir hier stranden, müssen wir die Fahrt nach Barclay de Tolley ebensogut in den Booten machen«, fügte McCoy hinzu.

Der Kapitän erteilte seine Befehle, und wieder machte sich die ›Pyrenees‹ auf die Fahrt durch die unwirtliche See.

Und der nächste Nachmittag sah Verzweiflung und Meuterei auf dem rauchenden Deck. Die Strömung hatte zugenommen, der Wind nachgelassen, und die ›Pyrenees‹ war nach Westen abgesackt. Der Ausguck sichtete Barclay de Tolley im Osten, und vergebens versuchte die ›Pyrenees‹ stundenlang, sich dorthin durchzubeißen. Immer schwebten wie durch ein

Wunder die nur vom Mastkorb aus sichtbaren Kokospalmen über dem Horizont. Von Deck aus waren sie durch die Krümmung der Erde verborgen. Wieder befragte Kapitän Davenport McCoy und die Karte. Makeno lag fünfundsiebzig Meilen nach Südwest. Ihre Lagune war dreißig Meilen lang und die Einfahrt ausgezeichnet. Als aber Kapitän Davenport seine Befehle erteilte, verweigerte die Mannschaft den Gehorsam. Sie erklärten, genug von dem Höllenfeuer unter ihren Füßen zu haben. Dort lag das Land. Wenn das Schiff es nicht erreichen konnte, so konnten sie es in ihren Booten erreichen. Laßt das Schiff doch brennen. Ihr Leben war mehr wert. Sie hatten treu dem Schiff gedient, jetzt wollten sie an sich selber denken.

Sie stießen den zweiten und dritten Steuermann beiseite, sprangen an die Boote und begannen sie auszuschwenken und zum Niederlassen klarzumachen. Kapitän Davenport und der erste Steuermann näherten sich ihnen mit Revolvern in den Händen, als McCoy, der auf das Dach der Hütte geklettert war, zu sprechen anfing.

Er sprach zu den Matrosen, und beim ersten Laut seiner taubengleichen, girrenden Stimme hielten sie inne, um zuzuhören. Er teilte ihnen seine eigene unaussprechliche Heiterkeit und Ruhe mit. Seine sanften Worte, seine einfachen Gedanken flossen in einem magischen Strom zu ihnen und besänftigten sie gegen ihren Willen. Lange vergessene Dinge fielen ihnen ein, und einige dachten an Wiegenlieder aus der Kindheit, an die Ruhe und die Zufriedenheit, wenn die Mutter sie zu Bett brachte. Es gab für sie keine Sorgen, keine Gefahr, keinen Verdruß mehr in der ganzen Welt. Alles war so, wie es sein sollte, und daß sie dem Lande jetzt den Rücken drehten und wieder in See stachen mit der höllischen Hitze unter ihren Füßen, war eine Selbstverständlichkeit.

McCoy sprach ganz einfach; aber es war nicht das, was er sprach. Es war seine Persönlichkeit, die beredter war als alle Worte, die er hätte aussprechen können. Es war eine unfaßbar feine und abgrundtiefe Alchimie der Seele – eine geheimnisvolle Ausstrahlung seines Geistes, verführerisch, voll inniger Demut und doch von gebieterischem Zwange. Es war eine

Erleuchtung der finsteren Tiefen ihrer Seelen, eine zwingende Macht von Reinheit und Güte, weit größer als die, die in den blanken, todsprühenden Revolvern der Offiziere wohnte.

Die Männer schwankten widerstrebend, und die getörnten Taue wurden wieder festgemacht. Dann stahlen erst einer und dann der andre und schließlich alle sich linkisch weg.

McCoys Antlitz strahlte vor kindlicher Freude, als er vom Dach der Hütte herunterstieg. Es gab keinen Aufruhr, hatte nie einen gegeben, denn die glückselige Welt, in der er lebte, hatte keinen Raum dafür.

»Sie haben sie hypnotisiert«, sagte Mr. König, leise lachend, zu ihm.

»Die Jungens sind gut«, lautete die Antwort. »Ihre Herzen sind gut. Sie haben eine schwere Zeit hinter sich, haben schwer gearbeitet und müssen es noch tun, bis wir durch sind.«

Mr. König hatte keine Zeit, um zu antworten. Er erteilte Befehle, die Matrosen sprangen gehorsam, und die ›Pyrenees‹ fiel langsam vom Winde ab, bis ihr Bug in die Richtung von Makemo wies.

Der Wind war sehr leicht und legte sich fast ganz nach Sonnenuntergang. Es war unerträglich heiß, und vorn und achtern versuchte man vergeblich zu schlafen. Das Deck war zu heiß, um darauf zu liegen, und giftige Dämpfe, die durch die Fugen sickerten, krochen wie böse Geister über das Schiff, stahlen sich in Nasen und Luftröhren der Unachtsamen und verursachten Anfälle von Husten und Niesen. Die Sterne blinkten träge an der dunklen Himmelswölbung und der im Osten auftauchende Vollmond berührte mit seinen Strahlen die Myriaden der Büschel, Gewinde und spinnwebfeinen Schleier von Rauch, die sich das Deck entlang über Reling, Masten und Wanten schlangen, wanden und drehten.

»Sagen Sie,« fragte Kapitän Davenport, sich seine beulenden Augen reibend, »was wurde eigentlich aus der Mannschaft der ›Bounty‹ nachdem sie Pitcairn erreicht hatte. Der Bericht, den ich las, besagte, daß sie das Schiff verbrannten und daß man sie erst nach vielen Jahren wieder entdeckte. Aber was geschah unterdessen? Ich hätte es immer gern gewußt. Es waren Männer dabei, die den Hals in der Schlinge stecken hatten. Auch einige Eingeborene waren dabei. Und Frauen. Es scheint, daß es gleich nach der Landung Unruhen gab.«

»Es gab Unruhen«, antworte McCoy. »Es waren schlechte Menschen. Sie stritten sich gleich um die Frauen. Einer der Meuterer, Williams, verlor seine Frau. Alle Frauen stammten von Tahiti. Seine Frau fiel bei der Jagd auf Seevögel von den Klippen. Da nahm er einem Eingeborenen die Frau weg. Die Eingeborenen wurden dadurch alle sehr aufgebracht, und sie töteten fast alle Meuterer. Dann töteten die Meuterer, die entkommen waren, ihrerseits alle Eingeborenen. Die Frauen halfen ihnen. Und die Eingeborenen töteten einander. Es war ein allgemeines Abschlachten. Es waren schreckliche Menschen.

Timiti wurde von zwei andern Eingeborenen getötet, die ihm freundschaftlich das Haar kämmten. Die Weißen hatten sie dazu angestiftet. Dann wurden sie selbst von den Weißen getötet. Tullaloo wurde von seiner eignen Frau in einer Höhle getötet, weil sie einen Weißen zum Manne haben wollte. Sie waren sehr gottlos. Gott hatte sein Antlitz von ihnen gewendet. Nach zwei Jahren waren alle Eingeborenen und alle Weißen bis auf vier ermordet. Das waren Young, John Adams, McCoy – mein Urgroßvater – und Quintal. Das war auch ein sehr schlechter Mensch. Einmal biß er seiner Frau ein Ohr ab, nur weil sie nicht genug Fische gefangen hatte.«

»Was für eine Bande!« rief Mr. König aus.

»Ja, sie waren sehr schlecht«, bestätigte McCoy und setzte, heiter girrend, den Bericht von Blut und Wollust seiner schändlichen Vorfahren fort. »Mein Urgroßvater entging der Ermordung, um von seiner eigenen Hand zu sterben. Er machte einen Destillierkolben und verfertigte Schnaps aus den Blättern der Tipflanze. Quintal war sein Kumpan, und sie waren beide immer betrunken. Schließlich bekam McCoy Delirium tremens, band sich einen Stein um den Hals und sprang ins Meer.

Quintals Frau, die, der er das Ohr abgebissen hatte, kam auch durch einen Sturz von den Klippen um. Darauf ging Quintal zu Young und verlangte dessen Frau. Adams und

Young hatten Furcht vor Quintal. Sie wußten, daß er sie töten wollte. So töteten sie ihn, zwei gegen einen, mit einem Beil. Dann starb Young. Und das waren ungefähr alle Unruhen, die sie durchmachten.«

»Das hätte ich mir denken können«, schnaubte Kapitän Davenport. »Es gab ja keinen mehr zum Töten.«

»Sie sehen, Gott hatte sein Antlitz abgewendet«, sagte McCoy.

Am Morgen wehte nur noch ein schwacher Hauch aus Osten, und da er damit keine beträchtlichen Fortschritte nach Süden machen konnte, ließ Kapitän Davenport auf Backbord voll und bei aufholen. Er fürchtete sich vor dieser schrecklichen westlichen Strömung, die ihn um so viele Zufluchtshäfen betrogen hatte. Den ganzen Tag und die ganze Nacht dauerte die Flaute, und die Matrosen murrten bei ihrer knappen Ration getrockneter Bananen. Sie begannen die Kräfte zu verlieren und klagten über Magenschmerzen infolge der ausschließlichen Bananendiät. Den ganzen Tag trug die Strömung die ›Pyrenees‹ nach Westen, es gab keinen Wind, der sie hätte nach Süden bringen können. Gegen Mitte der ersten Hundewache sichtete man gerade im Süden Kokospalmen, deren büschelartige Häupter sich über das Wasser erhoben und ein niedrig belegenes Atoll darunter bezeichneten.

»Das ist die Taengainsel«, sagte McCoy. »Wir brauchen heute abend Wind, sonst verfehlen wir Makemo.«

»Was ist aus dem Südostpassat geworden?« fragte der Kapitän. »Warum weht er nicht? Woran liegt das?«

»Das machen die Ausdünstungen der großen Lagunen – es sind ihrer so viele«, erklärte McCoy. »Die Ausdünstung macht das ganze Passatsystem zunichte. Sie ist sogar schuld daran, daß der Wind sich dreht und Stürme aus Südwest wehen. Dies ist der gefährliche Archipel, Kapitän.«

Kapitän Davenport sah den alten Mann an, öffnete den Mund und wollte fluchen, hielt jedoch an sich. McCoys Gegenwart hemmte die Schmähungen, die sich in seinem Hirn regten und die in seiner Kehle zitterten. Der Einfluß McCoys war während der vielen Tage ihres Zusammenseins gewachsen. Kapitän Davenport war eine Herrennatur. Er fürchtete niemanden, zügelte nie seine Zunge. Aber er war jetzt nicht fähig, in Gegenwart dieses alten Mannes mit den braunen Augen einer Frau und der Taubenstimme zu fluchen. Als Kapitän Davenport sich hierüber klar wurde, gab es ihm einen deutlichen Stoß. Dieser alte Mann war nur ein Nachkomme McCoys, McCoys von der ›Bounty‹, des Meuterers, der dem Strick entflohen war, der seiner in England wartete, des McCoy, der in Pitcairns ersten Tagen mit Blut und Wollust und gewaltsamem Tode eine böse Macht gewesen war.

Kapitän Davenport war nicht fromm, aber in diesem Augenblick fühlte er einen starken Trieb, sich dem andern zu Füßen zu werfen und – er wußte selbst nicht, was – zu sagen. Es war eine Erregung, die er tief wie einen zusammenhängenden Gedanken empfand, und in unklarer Weise wurde er sich seines eigenen Unwertes und seiner Kleinheit in Gegenwart dieses andern Mannes bewußt, der die Einfalt eines Kindes und die Güte einer Frau besaß.

Natürlich konnte er sich vor den Augen seiner Offiziere und Mannschaften nicht so demütigen. Und doch wütete der Zorn, der ihm die Schmähungen eingegeben hatte, immer noch in ihm. Plötzlich schlug er mit der geballten Faust gegen die Hütte und rief:

»Hören Sie, Alter, ich will mich nicht schlagen lassen. Die Paumotus haben mich betrogen, getäuscht und verrückt gemacht. Aber ich will mich nicht ergeben. Ich lasse das Schiff treiben und immer weiter durch die ganzen Paumotus bis nach China treiben, aber ich will einen Platz dafür finden. Und wenn die ganze Mannschaft desertiert, ich bleibe. Ich will es den Paumotus schon zeigen. Sie sollen mich nicht zum Narren halten. Der Kasten ist gut, und ich bleibe auf ihm, solange noch eine Planke hält. Hören Sie?«

»Und ich bleibe bei Ihnen, Kapitän«, sagte McCoy. Im Laufe der Nacht wehten leichte, veränderliche Winde aus Süd, und der wütende Kapitän mit seiner brennenden Ladung beobachtete und maß seinen Abstrich nach Westen und ging mehrmals abseits, um leise zu fluchen, daß McCoy es nicht hören sollte. Das Tageslicht zeigte im Süden mehrere Palmen, die aus dem Wasser wuchsen.

»Das ist die Leespitze von Makemo«, sagte McCoy. »Katiu liegt nur fünf Meilen weiter westlich. Das läßt sich vielleicht machen.«

Aber die Strömung zwischen den beiden Inseln warf sie nach Nordwesten, und um ein Uhr nachmittags sahen sie die Palmen von Katiu über der See aufsteigen und in die See zurücksinken.

Wenige Minuten später, gerade als der Kapitän entdeckt hatte, daß eine neue Strömung aus Nordosten die ›Pyrenees‹ ergriffen hatte, meldete der Ausguck Kokospalmen in Nordwest.

»Das ist Raraka«, sagte McCoy. »Wir können es nicht ohne Wind schaffen. Die Strömung zieht uns nach Südwesten. Aber wir müssen aufpassen. Wenige Meilen weiter fließt eine Strömung nach Norden und macht einen Kreis nach Nordwesten. Die würde uns von Fakarava abbringen, und Fakarava ist der richtige Platz für die ›Pyrenees‹.«

»Sie kann uns bringen, wohin der Teu– will«, bemerkte Kapitän Davenport hitzig. »Wir finden doch noch einen Platz für das Schiff.«

Aber die Situation hatte jetzt nahezu ihren Höhepunkt erreicht. Das Deck war so heiß, daß es schien, eine Zunahme von wenigen Graden müsse es in Flammen ausbrechen lassen. An manchen Stellen boten selbst die dickbesohlten Schuhe der Mannschaften keinen Schutz, und sie waren gezwungen, zu laufen, um sich die Füße nicht zu verbrennen. Der Rauch hatte zugenommen und war beißender geworden.

Alle an Bord litten an entzündeten Augen, und sie husteten und jappten wie eine Schar tuberkulöser Patienten. Am Nachmittage wurden die Boote ausgeschwungen und ausgerüstet. Die letzten Pakete mit getrockneten Bananen wurden in ihnen verstaut, ebenso die Instrumente der Offiziere. Kapitän Davenport legte sogar den Chronometer ins Langboot, aus Furcht, daß das Deck jeden Augenblick in die Luft gesprengt werden könnte.

Die ganze Nacht hindurch lastete diese Befürchtung schwer auf ihnen, und beim ersten Grauen des Morgens starrten sie sich mit hohlen Augen und geisterhaften Gesichtern

an, als wären sie erstaunt, daß die ›Pyrenees‹ noch zusammen-
hielt und sie noch am Leben waren.

Mit schnellen Schritten und hin und wieder recht würde-
los springend und hüpfend, besichtigte Kapitän Davenport
das Deck seines Schiffes.

»Es ist jetzt eine Frage von Stunden, wenn nicht von Minuten«, verkündete er bei seiner Rückkehr zur Hütte.

Der Ruf »Land in Sicht!« ertönte vom Mastkorb. Von
Deck aus war das Land nicht zu sehen, und McCoy enterte
hinauf, während der Kapitän die Gelegenheit wahrnahm, um
sich etwas von der aufgespeicherten Bitterkeit von der Seele
zu fluchen. Aber das Fluchen wurde plötzlich dadurch unterbrochen, daß er eine dunkle Linie auf dem Wasser nach
Nordost sichtete. Es war keine Bö, sondern eine regelmäßige
Brise – der unterbrochene Passat, acht Striche aus seiner
normalen Richtung, aber doch wieder in Tätigkeit.

»Halten Sie darauf, Kapitän«, sagte McCoy, sobald er wieder bei der Hütte stand. »Das ist die Ostspitze von Fakarava,
und bei dem Wind können wir mit vollen Segeln durch die
Einfahrt kommen.« Nach einer Stunde wurden die Kokospalmen und das Land von Deck aus sichtbar. Das Gefühl,
daß die ›Pyrenees‹ am Ende ihrer Widerstandskraft angelangt
sei, lastete schwer auf allen. Kapitän Davenport hatte die drei
Boote hinuntergelassen und schleppte sie kurz achter, einen
Mann in jedem, um sie abzuhalten. Die ›Pyrenees‹ streifte fast
das Gestade, hinter dem man das weiß von der Brandung
schäumende Atoll nur zwei Kabellängen entfernt sah.

»Machen Sie fertig zum Fieren, Kapitän«, warnte McCoy.

Und eine Minute später verschwand das Land, um eine
enge Einfahrt und dahinter die Lagune zu zeigen, einen großen Spiegel von dreißig Meilen Länge und zehn Meilen Breite.

»Jetzt, Kapitän!«

Zum letzten Male schwangen sich die Rahen der ›Py-
renees‹ herum, sie gehorchte dem Rade und drehte in die
Einfahrt. Die Wendung war kaum vorgenommen und die
Taue noch nicht festgemacht, als die Leute in panischem
Schrecken zur Hütte zurückflogen. Es war nichts geschehen,
aber sie versicherten, daß im nächsten Augenblick etwas

geschehen würde. Sie konnten nicht sagen, warum, aber sie wußten es. McCoy begab sich nach vorn, um sich am Bug hinzustellen und das Schiff hineinzulotsen; aber der Kapitän ergriff ihn am Arm und drehte ihn herum.

»Machen Sie's von hier aus«, sagte er. »Das Deck ist nicht sicher. Was ist los?« fragte er im nächsten Augenblick. »Wir stehen still.«

McCoy lächelte.

»Wir sind auf eine Strömung von sieben Knoten gestoßen, Kapitän«, sagte er. »So läuft die volle Ebbe zu dieser Einfahrt hinaus.«

Nach einer weiteren Stunde war die ›Pyrenees‹ kaum um ihre Länge vorwärts gekommen, aber der Wind frischte auf, und sie begann, schnellere Fahrt zu machen.

»Einige Mann schnell in die Boote!« kommandierte Kapitän Davenport.

Seine Stimme war noch nicht verklungen, und die Leute wollten gerade den Befehl ausführen, als eine Masse von Rauch und Flammen in Segel und Takelage geschleudert wurde, wo ein Teil hängenblieb, während der Rest ins Wasser fiel. Daß der Wind quer stand, hatte die achtern beschäftigte Mannschaft gerettet. Sie rannten blindlings nach den Booten, aber McCoys Stimme ließ sie haltmachen. »Ruhig Blut«, sagte er. »Es ist alles in Ordnung. Ach, seid so gut und laßt den Jungen hinunter.«

Der Rudergast hatte in größter Angst das Rad verlassen, aber Kapitän Davenport war zugesprungen und hatte noch rechtzeitig genug in die Speichen gegriffen, um zu verhindern, daß das Schiff von der Strömung erfaßt und auf den Strand geschleudert wurde.

»Übernehmen Sie den Befehl über die Boote«, sagte er zu Mr. König. »Nehmen Sie sie kurz ins Schlepp, direkt unter der Luvseite. Wenn ich von Bord gehe, können sie in Fahrt bleiben.«

Mr. König zögerte, kletterte dann über die Reling und ließ sich in das Boot hinab.

»Halten Sie einen halben Strich ab, Kapitän.«

Es gab Kapitän Davenport einen Ruck. Er hatte gedacht, daß er allein auf dem Schiff geblieben wäre. »Jawohl, jawohl«, antwortete er. »Ein halber Strich ist es.«

Mittschiffs war die ›Pyrenees‹ ein offenes Flammenmeer, aus dem eine ungeheure Rauchmasse hervordrang, die sich bis über die Masten erhob und den vorderen Teil des Schiffes einhüllte. McCoy setzte im Schutze der Besanwanten seine schwierige Aufgabe fort, das Schiff durch den engen Kanal zu lotsen. Das Feuer breitete sich vom Explosionsherd aus am Deck entlang nach achtern aus, während die mächtigen schwebenden Segel am Großmast sich flammend blähten und verschwanden. Obgleich sie es nicht sehen konnten, wußten sie, daß die Vordersegel noch hielten.

»Wenn nur nicht alle Segel verbrennen, bevor wir drinnen sind«, seufzte der Kapitän.

»Sie macht es«, versicherte McCoy mit äußerster Zuversicht. »Wir haben noch viel Zeit. Sie macht es bestimmt. Und wenn sie erst drinnen ist, legen wir sie vor den Wind; das hält den Rauch von uns ab und hindert das Feuer, nach achtern überzugreifen.« Eine Flammenzunge sprang auf den Besanmast, leckte hungrig nach der untersten Segelreihe, traf sie aber nicht und verschwand wieder. Von oben fiel ein brennender Taufetzen dem Kapitän auf den Nacken. Wie von einer Biene gestochen, ergriff er ihn und strich das Feuer von sich ab.

»Wie liegt sie, Kapitän?«

»Nordwest zu West.«

»Halten Sie sie Westnordwest.«

Kapitän Davenport drehte das Rad und richtete es.

»West zu Nord, Kapitän.«

»West zu Nord ist es.«

»Und jetzt West.«

Langsam, Strich für Strich beschrieb die ›Pyrenees‹, in die Lagune kommend, den Kreis, der sie vor den Wind setzte, und Strich für Strich, mit einer Ruhe und Sicherheit, als habe er noch tausend Jahre Zeit, rief McCoy den wechselnden Kurs aus.

»Noch einen Strich, Kapitän.«

»Ein Strich ist es.«

Kapitän Davenport drehte das Rad um mehrere Speichen, drehte dann plötzlich zurück und fiel einen Strich ab, um das Schiff zu richten.

»Geradeaus.«

»Geradeaus ist es – ganz genau.«

Trotzdem der Wind jetzt achtern stand, war die Hitze so intensiv, daß Kapitän Davenport, von der Seite aus nach dem Kompaß schielend, genötigt war, das Rad bald mit der einen, bald mit der andern Hand loszulassen, um die Wangen zu beschützen und sich die Blasen zu reiben. McCoys Bart knisterte und krümmte sich, und der Geruch, der dem andern gerade in die Nase zog, ließ ihn plötzlich besorgt auf McCoy blicken. Kapitän Davenport ließ die Speichen abwechselnd mit den Händen los, um die blasenbedeckten Handrücken gegen die Hose zu reiben. Alle Segel am Besanmast gingen in Flammen auf, was die beiden Männer zwang, sich zu bücken und das Gesicht zu schützen. »Jetzt«, sagte McCoy, indem er einen Blick auf das niedrige Gestade warf, vier Striche in den Wind, Kapitän, und dann lassen Sie sie treiben.«

Fetzen von brennendem Tauwerk und Segeln fielen auf sie herab. Der teerige Rauch eines schwelenden Tauendes zu Füßen des Kapitäns verursachte ihm einen heftigen Hustenanfall, doch hielt er die Speichen fest. Die ›Pyrenees‹ stieß auf, ihr Bug hob sich, und sie hielt mit einem sanften Grundstoß. Ein Schauer von brennenden Trümmern fiel infolge des Ruckes auf sie nieder. Das Schiff bewegte sich wieder und stieß ein zweites Mal auf. Es zermalmte die spröden Korallen unter seinem Kiel, glitt weiter und stieß zum dritten Male auf.

»Fest«, sagte McCoy. »Fest?« wiederholte er eine Minute später sanft.

»Sie gehorcht dem Ruder nicht mehr«, lautete die Antwort.

»Gut. Jetzt dreht sie sich.« McCoy guckte über die Seite. »Weicher, weißer Sand. Nicht besser zu wünschen. Ein prachtvoller Platz.«

Als die ›Pyrenees‹ mit dem Achterende vom Wind abschwojte, erfolgte ein furchtbarer Ausbruch von Rauch und

Feuer. Kapitän Davenport mußte vor Schmerzen das Rad loslassen. Er erreichte die Fangleine des Bootes, das in Luv lag, und sah dann nach McCoy, der beiseitetrat, um ihn vorangehen zu lassen.

»Erst Sie«, rief der Kapitän, packte ihn an der Schulter und zerrte ihn beinahe über die Reling. Aber Flammen und Rauch waren zu schrecklich, und er folgte McCoy hart auf den Fersen. Beide Männer kletterten und glitten zuletzt zusammen an dem Tau ins Boot. Ein Matrose im Boot durchschnitt die Fangleine mit seinem Taschenmesser, ohne den Befehl abzuwarten. Die Riemen, die klargehalten waren, fielen ins Wasser, und das Boot schoß hinweg.

»Ein prachtvoller Platz«, murmelte McCoy zurückblickend.

»Ja, ein prachtvoller Platz, und das haben wir Ihnen zu verdanken«, lautete die Antwort.

Die drei Boote ruderten nach dem weißen Strande der Korallenküste, hinter dem man an der Ecke eines Kokoshains ein halbes Dutzend Grashütten und eine Schar aufgeregter Eingeborener sah, die mit großen Augen auf die Feuersbrunst starrten, die zu ihnen an Land gekommen war.

Die Boote stießen auf Grund, und die Insassen stiegen auf den weißen Sand.

»Und jetzt«, sagte McCoy, »muß ich sehen, wie ich nach Pitcairn zurückkomme.«